乙女ゲームヒロインの『引き立て役の妹』に転生したので立場を奪ってやることにした。

著 陸路りん
イラスト うおのめうろこ

TOブックス

Otome game heroine no [hikitateyaku no imouto] ni tensei shitanode tachiba wo ubatteyaru kotoni shita

CONTENTS

イラスト　うおのめうろこ　デザイン　モンマ蚕（ムシカゴグラフィクス）

第一章　すべてのはじまり

最初に奪われたのは髪だった。

双子ゆえに全くの瓜二つ《うりふた》だったミモザとステラを見分けるために髪型を変えてはどうかと最初に言い出したのは一体誰だったか。当時幼かったミモザにはさっぱり思い出せないが、大声で泣き喚いて「絶対に髪を切りたくない」と騒ぐ姉を前に、母が困ったように笑い「ミモザはどう？」と聞かれてただ頷くことしかできなかったことは今でも鮮やかに思い出せる。

次は色だ。

可愛いオレンジ色のワンピース。お気に入りだったのにいつのまにかそれはステラのものということになっていた。双子ゆえに服はいつもシェアだった。髪を切る前まではミモザもピンクや黄色、赤といった明るい色をよく着ていたのに、いつの頃からかミモザがその色の服を着ているとそれは奇妙なことだと思われるようになった。「お姉ちゃんの真似をしているの？」と聞かれたことやステラにはっきりと「それはわたしのだよ、ミモザはこっち」と黒い服を渡されたこともある。

その派生で可愛らしい装飾のついたものも奪われていった。

フリルやレースのついたものは当たり前のようにステラにあてがわれた。ミモザに与えられるのはシンプルなものやズボンばかり。いつのまにかミモザはボーイッシュな女の子に仕立て上げられていた。

その頃にはミモザはもう何も言えなくなってしまっていた。もともと姉よりも大人しく引っ込み思案な子どもだった。けれど自分も可愛い格好がしたいと勇気を振り絞って訴えても実際に着てみても、微妙な顔で笑われたり「お姉ちゃんの真似」と言われたりするたびに、もはや何もしたくなくなってしまっていた。

姉に言ってもそれこそ暖簾《のれん》に腕押しだ。虚《むな》しいばかりで得るものは何もない。

どんどん口が重たくなるミモザに友人達は離れていってしまった。そうしてステラはミモザに言うのだ。

「大丈夫よ、ミモザ。ミモザももっと頑張れば、絶対お姉ちゃんみたいになれるから」

一体誰がステラみたいになりたいだなんて一度でも言ったというのか。

周囲も言う。

「いつかミモザもステラみたいに明るく話せるようになれればいいね」

ミモザはステラになど憧れてはいない。

きっとその周囲の言葉にミモザも笑って「そうだね、いつかステラみたいになりたいな」と返せればよかった。そうすれば周りは納得したのだろう。

けれどミモザは頷けなかったのだ。

＊＊＊

ミモザは愕然《がくぜん》とした。

それはなけなしの勇気を振り絞って「僕、いじめられてるんだ」と告白したミモザに彼女の美しい双子の姉が「あら、そんな強い言葉を使うものじゃないわ、ミモザ。きっと気のせいよ。大丈夫、お姉ちゃんがちゃんと仲直りさせてあげるからね」などとなんとも天然を通り越した唐変木《とうへんぼく》な返事を返したから――、ではない。

（目がちかちかする）

豊《ゆた》かなハニーブロンドの髪に青い瞳をした、まるでビスクドールのように美しい少女が目の前にいる。

「ミモザ？」

学校へと向かう通学路。立ち止まったミモザに姉が怪訝そうに振り返る。

その姿は絵画のように美しく、薔薇色に上気した頬は少女らしいあどけなさを宿して愛らしい。

姉――、いやちがう、彼女はステラ。――いや、そうだ、ステラは確かにミモザの姉だ。なんでもミモザよりも上手にできる姉。人気者の姉。わがままで気まぐれで、しかしそれすらも魅力的な少女。

（そしてこの世界の主人公……）

心配そうにこちらを覗き込む瞳の中に、目の前の少女と髪型以外は瓜二つのショートカットの少女が映る。

「……それってなんて地獄？」

「え？」

鏡写しのようにそっくりな二人の少女は立ち止まって見つめ合った。

一人は怪訝そうに、けれど微笑んで。

もう一人は絶望に真っ青に顔を染めて。

それはミモザが、自分がこの世界の主人公である姉『ステラ』の引き立て役の『出来の悪い双子の妹』であることを思い出してしまった瞬間だった。


この世界は恋愛要素ありの女性向けロールプレイングゲームである。いわゆる乙女ゲームと呼ばれるものだ。

いきなり降って湧いた記憶の中でミモザは一人の女だった。年齢も立場もわからない。わかるのは性別と、おそらく成人しているであろうという朧《おぼろ》げな記憶だけだ。

それとゲームが大好きでいろいろなゲームに手を出していたということだけ。

ゲームのストーリーも展開も朧げだが、タイトルは覚えている。確か『純☆愛！《まぢっ・らぶっ》 命短し騎士せよ乙女っ！』という異様にスタッカートのような小さい「っ」が多く読みづらいタイトルのゲームだ。ちなみに略称は『まぢらぶっ！』派と『騎士おとっ！』派で分かれていたがミモザの前世は『騎士おとっ！』派閥の人間だったようだ。この略称の派閥争いは前世ではそれなりに激しい様相を呈していたようだが、この場では関係がないのでそれは割愛させていただく。

この『騎士おとっ！』の世界の人間は皆、守護精霊と共に生まれる。自身の分身である守護精霊はなんらかの動物に近い姿を取り、そして自身の生まれ持った性質や精神面の成長によってその姿や能力が変化する仕様である。

たいていの場合は物心がつくころにはその姿が定まり、能力も十五歳ごろには完全に固定される。

そして主人公の生まれ故郷であるアゼリア王国では『精霊騎士』と呼ばれる花形職業があり、主人公はその精霊騎士を目指して奮闘していくのである。

本来なら精霊騎士になるためには七つの塔の試練を受け、王都で開かれる大会、通称『御前試合《ごぜんじあい》』に出場し、そこで精霊騎士としてのランクとともに資格を授けられるのだが、もちろんこのゲームの世界でなんの面白みもなく話が進むわけもなく、悪役の妨害や様々な事件が起こる。

大きな事件としては暴走した野良精霊を、主人公であるステラが恋愛対象であるキャラ達とともに鎮《しず》め、神聖であり最強を意味する『聖騎士《せいきし》』の称号を賜《たまわ》ることになる。

ちなみに主人公の前任の聖騎士も存在するが、物語の終盤あたりで主人公達をかばって死んでしまう。記憶によるとゲームの二周目ではその聖騎士ルートも解放されるらしいが、その詳細は今のミモザには全く思い出せなかった。


がらり、と音を立てて教室のドアを開ける。

クラスのみんなは一瞬ちらりと視線をよこしたが、それがミモザであるのを確認するとすぐに視線を戻しそれぞれの会話へと戻っていった。

無視《シカト》である。

ミモザははぁ、と半眼でため息をつくとのろのろと教室の自分の席につく。

――そして、『ミモザ』は小さな妨害要素だ。主人公に付きまといその試練をことごとく邪魔して回るという嫌がらせキャラであり、主人公の優秀さを際立たせるためにことごとく試練に失敗するという当て馬キャラでもあった。

机の引き出しを開くと真っ赤なペンか何かで悪口が書かれた紙切れと刃物、ガラスの破片がバラバラと出てきた。

ちらり、とショートカットの割には長めの前髪に隠して視線を周囲に走らせる。

（……あいつだな）

気づいていないふりをしながらもミモザの引き出しから落ちたゴミを見てにやにやと笑う奴がいた。

このクラスのガキ大将でありイジメの主犯、アベルである。

短い藍色の髪に切れ長の黄金の目をしたなかなかに整った容貌をした少年は、なんとステラの恋愛対象キャラのうちの一人であり、ゲーム開始時の十五歳には『ちょっと生意気だが共に精霊騎士を目指す幼馴染キャラ』として善良ぶって登場したりする。

ゲームの中のミモザは闇堕ちをしており、ステラや幼馴染達に執拗に嫌がらせを繰り返していた。

ミモザはぎゅっと握り拳を作る。

そうして天を振《ふ》り仰《あお》いだ。

（いや、そりゃそうだろ！）

拳を机に叩きつけたい衝動をぐっとこらえる。

ゲームをしていただけの前世ではその理由がわからなかったが、『ミモザ』として約十二年間生きてきた今の彼女にはその理由がものすごくよくわかる。

悪質ないじめ、優秀な姉と比較されて貶《けな》される日々、おまけに善良だが無神経な姉になけなしの勇気をもって助けを求めて返ってきた言葉が「きっと気のせいよ」である。「仲直りさせてあげる」である！

いやこれは気のせいじゃねぇよ、と目の前に積み上げられた悪口の書かれたゴミと危険物を前にほとほと呆れる。

仲違《なかたが》いしてんじゃねぇんだよ、一方的に暴行を受けてんだよ、こっちは。

欲しいのは仲直りではなく、謝罪と今後一切の不可侵条約《ふかしんじょうやく》である。

ぐぎぎぎぎ、とミモザは主人公そっくりの愛らしい顔を歪めて歯軋《はぎし》りをした。

うつむいているため長い前髪に隠されて見えないが、その形相はさながら悪鬼そのものである。人も呪い殺せそうだ。

しかしその勢いでアベルに怒鳴りつけるなどという行為は彼女には到底できないのであった。

前世の記憶を思い出したものの、どうやらミモザの人格はミモザのままだ。多少自身を客観視できているような気もするが、それでも積み重ねてきた恨みつらみはそのままであり性格はまごうことなき小心者のままである。

何もやり返すことのできない自分に歯噛《はが》みしつつ、ふと机の上に目を向けると、そこには白いネズミの姿をしたミモザの守護精霊、チロがその気持ちに同意するようにうんうんと頷いていた。

「チロ……っ」

(心の友よっ!)

ミモザは歓喜した。そうだ、自分にはチロがいるのだ。決して一人ではない。

たとえ相手が自分の分身というか半身であろうが一人ではないのだ。

一人ではないと思い込めば一人ではないのだ。

「チィー!」

チロが鳴く。

その目は紅く不気味に輝き『この教室にいる奴ら全員ぶっ殺してやろうぜ!』と言っていた。

「いやダメだろ!」

思わず真っ青になって立ち上がる。途端にクラス中の視線がミモザに突き刺さった。

「……ひっ」

気分はさながら蛇に睨まれた蛙である。顔どころか全身から血の気を引かせて周囲にある机や椅子にぶつかりひっかかりながらも、なんとかほうほうのていでミモザは教室から逃げ出した。

もはや授業などどうでも良かった。

悲報、自らの半身がすでに闇堕ちしてるっぽい。

この世界では闇堕ちした場合には、ある外見的特徴が現れる。

一つは体から滲み出る魔力のオーラ。通常白く輝くはずのこれに黒い塵のようなものが交《ま》ざる。

そしてもう一つが紅く輝く瞳である。

この世界には紅い瞳の生物は存在しない。

そう、闇堕ちした際に起こる現象、すなわち『狂化』を起こした生物以外には。

さて、では改めてミモザの守護精霊であるチロを確認してみよう。

白く輝く毛並みに大きな耳。きゅるりとした本来なら可愛らしいはずの瞳は紅く輝き爛々《らんらん》と光っていた。小柄な体からはどす黒い塵のようなオーラが煌々《こうこう》と放たれている。

「チチィー」

鳴き声はどすがきいていていつもよりすごみがあった。

『なぜあいつらに報復《ほうふく》しないのか？』その瞳はそう不思議そうに問いかけてきていた。

「………………」

ミモザが閉口していると、ふいにめきょめきょと音を立ててチロの背中が盛り上がり、それまでただの毛であった部分が鋭い棘《とげ》となった。

その姿はただのネズミから立派なハリネズミへと変化している。

「〜〜〜〜〜っ」

ミモザは声もなくうめく。

闇堕ちしている。確実に。

（……いや、いつから？）

少なくとも朝家を出た時はいつも通りだったはずだ。

（ということは――……）

先ほどの前世のものと思しき記憶。それを思い出したことによりチロの闇堕ちが本来より早まったのではないか。

（最悪だ）

普通こういう記憶を取り戻した場合は良い変化が起こるものなのではないのだろうか。ミモザの主観としてはゲームの設定よりも状況が悪化しているように思えてならない。

ミモザは手のひらの上にチロを乗せると恐る恐る問いかけた。

「チ、チロ、チロ、ちょっと確認なんだけど」

「チチ」

「報復って具体的には」

「チ、」

チロはニヒルに微笑むとピッとサムズアップをし――、

「チチィ！」

それを勢いよく下に向けた。

「ダメだぁ！」

チロの殺意がとどまるところを知らない。

「そんなことしたら僕たち破滅《はめつ》しちゃうだろ！」

ミモザは半泣きで訴える。

そう、破滅。

『ミモザ』は物語の中盤であっさりと死ぬ役どころなのだ。

死因はまったく思い出せないが、きっと主人公に嫌がらせをした関係のあれやこれやに決まっている。

「いいか、チロ。僕たちにはアドバンテージがある」

言い聞かせるミモザにチロは同意するようにうんうんと頷く。

「まだあの『記憶』の信憑性はわからないけど、すさまじく現状とリンクしていることは確かだ。きっとこのまま何も考えずに進んでいけば、あの未来は起きかねないし僕は闇に呑まれて嫌がらせを繰り返すことになる可能性が高い」

というか確実にする。

現にチロは闇に呑まれかけているし、動機だけならことかかない。実際度胸《どきょう》があれば今だってやり返してやりたくてたまらない。

(けどできない！)

度胸がないからである。

大事なことだからもう一度。

度胸がない小心者だからである！

「つまり、今の僕たちがまずすべきこと、それは――」

ミモザは懐から一冊の本を取り出した。

そこに書かれたタイトルはずばり『初心者にもできる！　やさしい呪術書（入門編）』。

「彼らに不幸が訪れるように呪うことだ！」

その本をまるで救世主のようにかかげてみせるミモザをチロは白けた目で見た。

そして背中の針で刺した。

「いった！　いたたたたた！　痛い！　やめて！」

「ヂゥー」

野太い声で恫喝《どうかつ》するようにチロは告げる。

『ふざけるな』、と。

「いや別にふざけてないし僕は本気で……、あ、ごめんなさい、痛い！　ほんと痛いから！」

針で刺すだけでは飽き足らず噛みつき始めたチロに、ミモザは慌てて取り出した本を守るように抱きかかえる。

そんな情けないミモザを見て、チロは『こんなもの何の役にも立たん！』と地団駄《じだんだ》を踏んだ。

「うう……」

ミモザは相棒の冷たい態度にお姉さん座りで「よよ……」と泣き崩れる。そしてちらりと横目でチロのことをあわれっぽく見つめた。

「チロだって知ってるだろ……、この本はダメな僕を導く唯一のバイブルなんだ」

その青い目は遠い過去を見つめていた。

ミモザには友達がいない。教師との関係は断絶状態で母親とも悩みを相談できるような関係性ではない。悲しい時に慰めてくれる相手も、困った時に助言をくれる誰かもいないのだ。

そんなミモザがチロを除くと唯一頼れる存在。壁に行き詰まりどうしたら良いかわからないミモザに道を示してくれたのは——、この本だけだ。

「だからチロ。どうかわかって欲しい。君には意味不明だと思えるようなことが、きっとこの世界に影響を及ぼして僕の助けになってくれると僕は信じているんだ」

そう訴えるその目はとても真摯で真剣そのものだった。

「ちぃー……」

チロは困ったような声を出すと、しばし迷った後にミモザへと駆け寄る。

わかってくれたのか、とミモザは本を片手に持ち換えるとチロを迎え入れるように両手を広げた。

「チロ！」

それが間違いだった。

その瞬間、チロの瞳がきらりと光り、駆け寄る勢いをそのままにスライディングするように体を前のめりにするとその背中の棘を鋭く伸ばし、一思いにミモザの持っていた本を刺し貫いた。

ぶすり。

その間抜けな音にチロはしてやったりと笑い、ミモザは目を剥く。

「ああああっ！　僕のっ、呪術書《バイブル》ぅー!!」

勢いよく地面に突っ伏すようにしてミモザは無惨《むざん》にも刺殺《しさつ》された本を抱きしめる。しばらくしくしくと泣いていたが、やがてゆっくりと体を起こすとチロの方を見て流れる涙と鼻水をそのままにニヨっと不気味に笑った。

「まだ保存用がある……」

ぼそりとつぶやかれたその言葉に、チロは『ダメだこいつ、なんとかしないと……』という目で少し顔を引きつらせた。


「……さて、とりあえずどうしようかな！」

仕切り直しだ。ミモザは涙と鼻水をとりあえずごしごしと袖で拭った。正直先ほどの案がミモザのできる最善策だと思うのだが、それを言うとチロがまた怒ってしまうのが明白なので黙って考えを改めるしかない。

ミモザはその湖のように青い瞳を憂いげに細めてチロを見つめた。

「………どう、したいかな」

そして思案するように呟く。

これからの行動を考える上で、それがおそらく一番重要だ。

このままゲームの通りにいけば破滅。けれど、じゃあ報復もせずにただ指を咥えて黙って見ているのか。

（いじめっ子と妬ましい姉がなんの苦労もなく英雄になっていく様を？）

「僕は、このままは嫌だ」

チロの目を見る。チロはその紅い瞳を瞬かせ、同意するように頷いた。

(我ながら、性格が悪い……)

嫌いな人達がより幸せになっていく様を見たくないだなんて。

その時、ふとゲームの中の一場面を思い出した。それは唯一ミモザが褒められるシーンだ。

『君は精霊との親和性《しんわせい》が非常に高いのだね。それは精霊騎士を目指す上ではとても素晴らしい才能だ。大事にするといい』

姉のステラが聖騎士になる前の前任者、つまり現在の聖騎士である男がミモザのことをそう褒めるのだ。

この『精霊との親和性《しんわせい》』というのは精霊とのつながりの深さを意味し、もちろん高ければ高いほど精霊騎士としての強さにつながるが、その一方で精霊が狂化してしまった際にその影響を非常に受けやすく、暴走しやすいというフラグだったことがのちに明かされるのだが——、それはそれとして。

ミモザがゲーム内で唯一評価されたのは『精霊騎士としての才能』であったのだ。

チロとの親和性。それだけは現状の最高峰である聖騎士に認められるほど高いのである。

その他はコミュニケーション能力も魔力も、何もかもが姉には敵わない。

チロとの信頼関係、それだけがミモザの財産でよすがだ。

「……奪ってやろうか」

それがたとえ一つだけでも。

友人も恋人も英雄の称号も他の何も奪えなくても。

精霊騎士としての強さ、それだけは。

「お姉ちゃんより強くなって、面子《めんつ》を潰してやろうか」

一度だけでもいい。いやどうせなら、

「聖騎士の立場、もらおうか」

ミモザのその思い詰めたような仄暗いささやきに、チロは目を紅色にギラギラと光らせ一声鳴いた。

それは紛れもない同意の声だった。


それはチャイムが鳴って一時間目の授業が終わった時のことだった。次の授業の準備のための短い休憩時間にがらりと音をたてて唐突に教室のドアが開いた。

開けたのはミモザである。

ショートカットのハニーブロンドには天使の輪がかかり、憂鬱そうに伏せられた瞳は冬の湖面のように深い青色に澄んでいて美しかった。雪のように真っ白な肌は透き通っているが血の気が引いたような白さで、その外見の美しさも相まってまるでよくできた人形のようだ。これで服装がもっと華美であればますます人形のように見えたのだろうが、彼女はいつも暗い色のシンプルなシャツと半ズボン、そして黒いタイツといった少年のような格好をしていた。その容姿と服装の奇妙なアンバランスさは彼女に不思議な近寄りがたい雰囲気を与えていた。

(戻ってきたのか……)

いじめの主犯であるアベルは、意外な気持ちでいつもいじめている彼女が静かに自身の席へと戻るのを眺めた。

変な言葉を叫んで飛び出していったから今日はもう家に帰るのかと思っていたのだ。しかし戻ってきたということはそうはできなかったのだろう。

（そりゃそうか）

普段より早く家に帰れば理由を聞かれるだろう。これまでミモザが親に一度も学校での出来事を話していないのは当然知っている。

（ステラにはチクったみたいだが……）

ち、と軽く舌打ちをする。幸いにもステラは素直でお人好しな少女だ。アベルが誤解だと誤魔化すとそれを信じたようだった。

ステラ。あの美しい少女を思い浮かべるとアベルは幸せな気持ちになる。双子なのに根暗で生意気なミモザとは似ても似つかない。

アベルだって最初からミモザを蔑《ないがし》ろにしていたわけではない。学校に通い始めた当初、近所に住んでいて元々仲の良かったステラに「妹のことをお願いね」と頼まれて最初のうちは仲良くやっていたのだ。

しかし入学してから初めて知り合ったステラの妹はどうにも生意気な奴だった。ステラの話題を出すと「僕じゃなくてステラと話しなよ」と突き放すようなことを言い、春の感謝祭で一緒にダンスを踊りたいからステラを誘ってほしいと頼んでも「自分で誘いなよ。僕は関係ないよね」とケチなことを言う。

出来ないから頼んでいるというのにだ。

ステラは人気者だ。ミモザと違い、明るく誰に対しても分け隔てなく優しいステラはみんなに好かれていた。「お前も同じようにしろよ」と忠告をしたこともあったがミモザはその言葉に嫌そうに顔をしかめるだけだった。「せっかく仲良くしてやってるのに！」と言うと「別に頼んでない」などと恩知らずなことを言うので仲良くするのをやめたのだ。

アベルは近くで喋っていた特に仲のいい三人を目線で呼ぶと、連れ立って席を立った。目指すのはミモザの席だ。

「おい」

次の授業の準備をしているのか机の引き出しをいじっているミモザの顔を上げさせるために机を軽く蹴りつける。彼女はわずかに身を震わせるとうかがうようにこちらを見上げた。

その怯えた態度に自尊心が満たされる。

自分の肩にとまった相棒の鷲《わし》の守護精霊ラックも喜ぶように翼を一度広げてみせた。

「よう。どこいってたんだ？」

にやにやと笑って問いかけるとミモザは怯えたようにこちらを見て、しかしすぐに無言のまま視線を逸らした。その手は再び準備のために筆記用具や教科書を机の上に並べ始める。

無視だ。

その事実に苛立って改めて机をがんっと少し強めに蹴り上げる。

彼女は助けを求めるようにわずかに視線をさまよわせたが教室にいる誰も彼女と目を合わせようとしなかった。

担任の教師も、だ。

まだ新任の若い男性教師は周囲からの評価を気にしてアベル達のこの行為を容認していた。クラスの他の生徒達もだ。アベルはこの学校の生徒達の中で誰よりも立場が高い。

アベルには腹違いの兄がいる。その兄とはこの国で最強の精霊騎士に与えられる称号である聖騎士を賜《たまわ》るレオンハルトである。

残念ながら母親が違うため同じ家で育ってはいないが、レオンハルトはいつもアベルのことを気にかけ、忙しい仕事の合間をぬってはアベルに会いに来てくれていた。この田舎の村ではそれは間違いなくステータスであり、アベルは同年代の子どもの中では尊敬を集めていた。

「助けなんてこねぇよ」

ふん、と鼻で笑ってやる。このクラスはアベルの小さな王国だった。

「それよりお前、ステラにチクったろ」

ミモザが顔をしかめる。その様子に気をよくしつつ、アベルはばんっ、と勢いよく机に手を振り下ろす。

その音にミモザの肩が揺れた。

「ちゃんとイジメなんかしてねぇって伝えといたからな。お前がどうしようもないバカで間抜けだから手伝ってやってるだけだって。もしかしたらイライラしてきつくなったことはあったかも知れねぇって言ったら納得してたよ。お前も帰ったらバカなこと言わねぇで自分が悪かったんだって言えよ！」

ふん、と鼻息荒く告げる。

（これでいいだろう）

臆病なミモザのことだ。これだけ脅してやればもう逆らおうという気など起きないに違いないと、アベルは満足して身を翻《ひるがえ》そうとして、

「馬鹿じゃないの」という小さな声に動きを止めた。

「なんだと？」

声の主はミモザだ。彼女は身を震わせながらもゆっくりと顔をあげた。

その目は強くはっきりと交戦の意思を宿している。

「どこの世界にいじめられるのを自分のせいだと家族に言う奴がいるの。僕がいじめられてるのはお前達加害者《かがいしゃ》のせいであって僕は何一つ悪くない」

頭にカッと血が上る。逆らうはずのない相手からの反抗がアベルには許せなかった。

「……いっ！」

「てめぇ！　調子に乗りやがって!!」

強い力でミモザの髪を引っ張る。ちょうど机を挟んで対峙していたためミモザは机の上に乗り上げるような形になった。彼女の髪がぶちぶちと音をたてて引きちぎられる。

言葉もなくうめくミモザにアベルは笑う。どんなに口で賢《さか》しいことを言おうとこんなものだ。結

局ミモザはアベルに敵わないのだ。

そろそろ休憩時間が終わりそうだ。許してやるかと髪から手を離そうとした瞬間――、ミモザと目が合った。

苦痛に歪んだ顔で、けれどその口元がわずかに笑みの形に歪む。

「なん……っ」

だ、と言いきる時間はなかった。

そのままミモザは勢いよく机を掴むと、アベルの方へと突き飛ばした。

ぎょっとしてアベルは手を離して後退る。

机は派手な音を立てて床へと打ちつけられ、その中身を周囲にばら撒いた。そして引っ張られていた手を急に離されたミモザはそのまま後ろへと倒れ込み、床の上に大の字に転がる。

(なんだ……？)

はたからは偶然倒れたよう見えたことだろう。しかし間近で見ていたアベルにはわかった。

ミモザが倒れたのはわざとだ。

だってとっさにアベルが差し出した手を、ミモザは拒むように弾いたのだ。

床の上にはあらゆるものが散乱していた。ミモザへの悪口で埋まる真っ赤な紙、ガラスの破片、無数の刃物、引きちぎられた金糸の髪、そして、その上へ倒れ込んだせいで傷ついたミモザの血液。

その上に大の字に横たわった彼女は美しく、凄絶に笑った。

「誰か助けて!!」

そのまま大声で叫ぶ。

ぎょっとしたように教室の中の空気は止まり誰も動けない中で、

「一体何事だ⁉」

隣のクラスの担任教師が慌ててかけつけてドアを開いた。

彼はそこに広がる光景を見て数秒絶句し、けれど数秒だけだった。

すぐに彼の怒号が響いた。


結論から言えばいじめ問題は解決した。

ミモザが「学校に通わず課題のみの在宅学習をすることを認める」という形で、だ。

——あの後、学校は蜂の巣をつついたような騒ぎになった。

悪質なイジメとそれを担任の教師が見て見ぬふりをして助長《じょちょう》していたことを重く受け止めた学校側が、保護者との話し合いの場を設けたのである。

それはミモザの狙い通りの結果だった。

隣のクラスの担任教師は公明正大を地で行く人物で、曲がったことを許さない性格であることをミモザは知っていた。そして授業中に騒ぎを起こせば責任感の強い彼が駆けつけてくれることも確信していたのだ。

（でも意外だったな）

誤算だったのはミモザの母、ミレイが想像以上に怒ったことである。

ミレイは本来とても大人しく気が弱い人間だ。それこそ周囲の人間に「双子の見分けがつかないと困る」と言われ、髪型や服装を分けさせることで差別化を図るほどである。

ミモザの小心者な性格は彼女から受け継いだと言っても過言ではない。

だから今回の件も、いままでのミモザがそうであったように、ミレイは困ったような顔をして事を荒立てず穏便に済ますと思っていたのだ。——けれど、

「ミモザ……っ」

傷だらけのミモザを前に彼女は半泣きで駆け寄ると、すぐにその体を抱きしめた。

そうしてミモザの怪我の具合を確認すると、キッと顔を上げ「一体どういうことなんですか！」とそばで説明のために控えていた教員に詰め寄ったのだ。

これにはミモザは驚くのを通り越して呆気に取られた。これまでの人生で母がそんなにきつい声を出すところを初めて見たのだ。

そしてその後も驚きの連続だった。今後の対応の話になった時、学校側は再発を防ぐためにミモザを他のクラスに移すことを提案した。これはかなり思い切った案であると思う。学校側もそれくらい今回の件を重く見ていたということだろう。しかしそれにミレイは首を横に振った。

「それだけでは足りません。聞けばクラスの全員が今回の件に加担していたといいます。そしてそれに先生方は誰一人気づかず、担任の先生は隠蔽《いんぺい》していたとか。その状況でどうしてあなたがたを信用できると言うのです。クラスを変えたところで同じことが起きない保証は？　事件になったことで逆恨みをされてさらにひどいことになるかも知れない。第一ミモザの気持ちはどうなるのです。

みんなにいじめられていたことを知られているんですよ！　それで何食わぬ顔をして明日から学校に通えと言うのですか！　こんな酷い怪我を負わされて！」

そこでミレイが提示した条件は二つである。

一つはミモザの在宅学習を認めること。ミモザの気持ちが落ち着くまで、下手をすればそれは卒業までになるかも知れないが、プリント課題をこなすことを授業の履修と見なし、きちんと卒業資格も与えること。

そしてもう一つはミモザが復学したくなった際にはそれを認め、その際には今回いじめに加担した生徒からの接触を一切禁じることである。

ミモザから話しかけた場合はいい。しかし加害者側からミモザに近づくことはないように監視して欲しいという要求である。

当然学校側は四六時中見張っていることはできないと渋ったが「ではもし同様のことが陰で行われてもやはり気づくことはできないということですね」と強く言われてしまうと反論は難しいようだった。

結局、落とし所としては一つ目の条件は全面的に認め、二つ目に関しては適宜聞き取り調査なども行いながら対応していくという形となった。

ちなみにミモザとしては許されるならば学校になど二度と行きたくないので、卒業まで在宅学習で通す気満々である。一部の熱血教師を除いて学校側も対応に困っている様子のため、ミモザが学校に行かないという行為は双方にとって益がある選択だと言えるだろう。

「ミモザ、ミモザ、ごめんね、気づいてあげられなくて。頼りないママでごめんね」と抱きしめながら泣く母親にミモザは自分が愛されていたことを知って泣きそうになった。

てっきり母も人気者のステラが自慢で、ミモザのことを下に置いていると思っていた。だからこのような面倒ごとを起こしてはうっとうしがられると思っていたのだ。

しかし実際の母はミモザのために泣き、ミモザのために学校と戦ってくれたのである。

誤算は誤算でもこれは嬉しい誤算だった。

ちなみに今回の件でアベルは一気に評判を落として面子が潰れたようである。姉のステラにも「嘘をついていたのね、ひどい！」となじられたようだ。

一度潰れた面子はもう戻らない。偉ぶってももう格好がつかないだろう。彼の王冠は剥がされたも同然である。

ついでに担任の教師もクビになり、その上この小さい村中に噂が回り爪弾きにあっているようだ。彼がこの村を出ていく日も近いかも知れない。

（あっけないものだな）

ミモザはぼんやりと思った。

ミモザがあれだけ苦しめられ悩み続けたことは、こんなにあっさりと解決してしまった。

（たったこれだけ……）

ミモザがやったことは『声をあげた』。ただそれだけだ。

ただそれだけのことが、ずっとできなかった。

前世の記憶を思い出すまで――、いや、

『惨めに死んでしまう』という自分の未来を知るまでは。

声を上げたところで、もしもそれが隣のクラスにまで届かなかったら？

届いても担任の教師同様に無視されたら？

無視されなかったとしても解決にまでは至らず、ともすればミモザの情けなさを露呈するだけで状況が悪化してしまったらどうしよう。

そう思うとそれだけでミモザの喉はぎゅっと締まり声を上げることができなかった。

けれど死んでしまうと思ったから。

このまま黙って耐え続けていれば、いつかはこの苦しみが勝手に終わってくれるのではないかという淡い期待が、これからさらにお先真っ暗だと知って逆に諦める勇気が出た。

助けてくれる相手などどこにもいない。いや、助けてもらうためには、自分も頑張らなければならないのだと。

（大丈夫）

ミモザは小さく手を握りしめる。

一つ、ミモザは変えることができた。

ミモザ自身がすべてを解決したわけではない。しかし確かにこの変化のきっかけを作ることはできたのだ。

だから、きっと変えられる。

死んでしまう未来も。主人公である姉の『引き立て役』でしかなかったゲームのミモザの人生も。

（……ざまぁみろ）

ひとまずはミモザのことをいじめていた連中がすべて一掃《いっそう》されたことに溜飲《りゅういん》を下げて、ミモザは母親に抱きしめられながら小さくほくそ笑んだ。

第二章　正統派ヒーロー、あらためダークヒーロー

晴れて不登校児となったミモザの朝は——、遅い。

太陽がほぼ頂点付近へと昇った昼頃にごそごそと起き出し、まずは姉がもう学校に行って家にいないことを確認することから一日が始まる。

不登校生活の恩恵《おんけい》はいじめがなくなったことだけではなく、生活サイクルがずれたことにより姉と顔を合わす機会が減ったということももたらしてくれていた。

母も仕事に出かけており不在のため、一人でのんびりと遅い朝食をとる。母も忙しいためご飯の準備はしなくてもいいと伝えてあり、毎朝パンを軽くトースターで焼いて食べていた。

鼻歌を歌いながらパンをできる限り薄く切り、トースターにセットする。

「……？」

スイッチを押しても動かないことに首を傾《かし》げトースターをためつすがめつ眺めていると、魔導石《まどうせき》が黒くなっていることに気がついた。

「あー……」

うめきながらリビングへと戻り、棚から白い魔導石を取り出すとトースターの中の黒いものと交換する。問題なくトースターが動き始めたことを確認してからミモザは黒くなった魔導石を魔導石

用のゴミ箱へと捨てた。

魔導石というのはこの世界における電池のようなもので、これによりすべての機械は動いている。色は透明なほど純度が高く、内に含むエネルギー量も一度に出力できるエネルギー量も多いらしいが、まぁ一般家庭にある魔導石など白く濁ったものが普通である。エネルギーが切れると黒くなるため、そうなったら取り替え時だ。

（……電池？）

ふと疑問を覚える。それはこの世界にはない概念だ。

前世の記憶を思い出した時は色々とおぼろげでゲームのことしかわからないと思っていたが、どうやらエピソードが欠落しているだけで知識はあるようだ。無意識に変な言葉を口走らないように気をつけなければ、とミモザは脳内に注意事項としてメモをした。

そうこうしている間にチン、と軽い音と共に焼き上がったトーストを手にテーブルへと向かい、これまた薄くキイチゴのジャムを塗る。

ちなみにミモザ達に父はいない。いわゆる母子家庭である。ゲーム内では特に父親の存在に言及していなかったが、ミモザ達がまだ五歳くらいの時に亡くなったようだ。

そのためそこそこに貧乏な家庭である。それでも一般家庭とあまり変わらぬ水準で生活できているる理由はここが田舎の村であり、食べ物は家庭菜園や森からの採取、近所の方からのおすそ分けで賄《まかな》えているからだろう。

食事の後は庭に出て家庭菜園の手入れをする。草をむしり水をやるとそれぞれの野菜の育ち具合を見てうむうむと満足げに頷き、食べられそうなものでめぼしいものを収穫していく。きゅうりとキャベツが食べ頃だったため昼食用に採取する。

(今日はキャベツとベーコンのパスタときゅうりの和物だな)

ふー、と満足げに額の汗をぬぐう。汗がきらりと陽の光に反射した。

学校に通わなくなったミモザの生活は、実に充実していた。

「チゥー」

胸ポケットに入っていたチロが不満そうに『最強の精霊騎士はどうした?』と聞いてきた。

それにミモザはサムズアップで応える。

「大丈夫! ばっちり考えてあるから!」

「チー……」

本当かなぁ、とチロは不審《ふしん》げにつぶやいた。

ミモザは収穫した野菜をひとまず台所へと置くとふんふんと鼻歌を歌いながら自室へと赴く。チロはポケットから抜け出ると不審そうにしながらもそんなミモザについて行った。

自室に辿り着いた彼女はカーテンを勢いよく閉め切った。暗い色のカーテンがしっかりと外からの光を遮断し、室内に真っ暗で淀んだ空気がただよう。

そんな中ミモザは鼻歌混じりに準備を整えていく。

中央には三本の蝋燭が据えられ、そこを中心として不思議な図形を組み合わせた陣のようなものが描かれた布を敷く。そこでミモザは一度姿を消すと、再びのっそりと部屋の隅の暗闇から、シーツをまるでローブのように身にまとって現れた。

その手にも燭台が一つ握られており彼女の動きに合わせてゆらりゆらりと光の波紋が部屋中に広がっていく。

普段は白い肌は蝋燭の灯りで橙色に染まり、ハニーブロンドの髪がきらきらと光を放つ。伏せられたまつ毛にもその光が反射し、神秘的なきらめきをその身に纏っていた。

彼女は陣の縁にひざまずくと手に持った燭台をゆっくりと掲げる。

そのまま緩慢な動作でその手を左右へと振った。

「はぁーー、我に力をーー」

低く作った声で唱え始める。

「力をーー与えたまえーー」

ぶんぶんと上半身を左右に揺する。その姿はまるで深海で揺れるチンアナゴだ。

チロはもはや呆れて何も言わず、背後からそんな相棒の姿を眺めるだけである。

止める人間のいないミモザはどんどんヒートアップしていく。

「はぁーー、我に力をーー……」

ぐるんぐるんと頭を揺らしながら調子に乗っていると、その時背後でかちゃり、と小さな音がした。

チロが振り返り目を見開く。

慌ててミモザへと駆け寄るとその足に齧り付いた。

「いたたたっ！　もう何、チロ。今いいところ……」

言って振り返った先で――、
真っ青な顔をしてドアの隙間からこちらを見ている母親の姿を見た。

真っ青な顔をしてミモザも固まる。

しばしその場に沈黙が落ちた。

先に動いたのは母、ミレイの方だった。彼女は手に持っていた荷物を取り落とすと両手で顔をおおった。

「……ごめんね、ママ、ミモザは少しずつ元気になってきてると思ってたんだけどちょっと楽観的すぎたね」

「ち、違うよ、ママ！　これはね！」

「無理しなくていいのよ、ミモザ。ママに相談しづらいようだったら他の人でも……、カウンセラーとかに行きたかったらママが探してあげるからね」

「違うんだって！　これはおまじないなの！　僕が強くなるためにね！　お祈りをしてたの！」

「そう、おまじない……」

「そう！　おまじない！」

二人はしばし無言で見つめ合った。

そしてミレイは何かを飲み込むように一つ頷くと、聖母のような微笑を浮かべた。

「そうなのね、ミモザ。それがあなたに必要なことならママは受け入れるわ」

なんだかすごく誤解されている気がする。

しかしそれ以上なにも弁明する言葉が思いつかず、ミモザは「ありがとう、ママ」と冷や汗をかきながら言うのが精一杯だった。

＊＊＊

さて、この世界には野良精霊《のらせいれい》というものが存在する。

ゲーム上では雑魚敵《ざこてき》として冒険の途中でエンカウントする相手であり、その発生理由については語られないが、こいつらは実は人間が生み出した存在だったりする。

精霊というのは人と共に生まれる。

これはこの世界の常識である。

ではなぜ野良精霊という人と繋がっていない精霊が存在するのかというと、彼らは元々人と共にあったのが様々な理由でその接続が切れてしまった存在である。

もちろん、人と精霊の繋がりというのはそんなに簡単に切れるものではない。

事故なども稀《まれ》にあるが、そのほとんどは人為的な行為により切断される。

一番多い理由は『より強い精霊と接続するために自身の精霊を捨て他人の守護精霊を奪う』というもので、捨てられた精霊同士が自然交配し繁殖したのが野良精霊達だ。そのためその多くはとても弱く、大した力は持たない。

しかし稀に突然変異でとても強い個体が生まれることがあり、それは『ボス精霊』と呼ばれるのだが、そのボス精霊を自身の守護精霊とするために元々共に生まれた精霊を捨てる者も現れるという悪循環が起こっていた。

国も教会も守護精霊を交換することや野に捨てる行為は禁じているが、取り締まりきれていないのが現状である。

そしてもう一つ、彼ら野良精霊が雑魚である理由があった。

ミモザは草むらをかき分けながら森の中を歩いていた。視線の先にはうさぎにツノが生えた姿の野良精霊がいる。

「ああ、いたいた」

ひたすら生温かい目で微笑む母親に昼食をふるまった後、仕事に戻る母を見送ってからミモザは森へと来ていた。

ミモザ達の住むバーベナ村は森に四方を囲まれている利便性の悪いど田舎だ。そのため少し歩けばすぐに森へと辿り着く。

森には大雑把に目印の杭が打ち込まれており、そこには『精霊避け』と呼ばれる魔道具が置かれ野良精霊が村に入って来ないように対策されている。この精霊避けは決して万能ではなくせいぜいが蚊取り線香のようなものなので入ってくる野良精霊もいるのだが、大量に侵入してくることは防げていた。通常十歳前後の学校を卒業していない子どもはその杭よりも先に入ることを禁じられている。しかし今のミモザはその杭を通り越して森の奥深くへと足を踏み入れていた。

当然、バレたら叱られる。

しかし今は大人に叱られること以上に気にしなければいけないことがあった。

「ゲームの開始は学校を卒業する十五歳からだ」

じっと草葉の影から草をはむ野良精霊の姿を見ながらミモザはチロへと話しかける。

物語は学校の卒業式、ならぬ卒業試合から始まる。なんとこの『騎士おとっ！』の世界の学校では卒業時に魔法攻撃ありの戦闘試合があるのである。そこでミモザはステラに完膚なきまでにぼこぼこに負ける。

そこからゲームはスタートするのだ。

（つまり、僕がまず目指すべきは――）

卒業試合でステラに勝利すること。

これがまず第一の課題であり目標だ。

「……十五歳、それまでに僕達はお姉ちゃんより強くなっている必要がある。それも可能なら大幅に、だ」

「チィー」

チロもその方針には賛成のようだ。その同意に満足げにミモザは頷く。

「じゃあどうやって強くなるか。手っ取り早いのはもちろん、実際に戦ってレベルを上げることだ」

とはいえ、ミモザもチロも野良精霊との戦闘などしたことがない。一応学校では戦闘技術の授業があったが、ミモザの成績は底辺を這っている始末であった。

（つまり、ここは不意打ちに限る）

卑怯だなどと言うなかれ。これは命のかかったことなのである。

ミモザはチロへと右手を伸ばした。チロは心得たように頷く。

それと同時にその姿が歪み、形を変えた。

それは武器だった。細く長い金属の持ち手の先の方に凶悪な棘が何本も突き出た鉄球が付いている。いわゆるモーニングスターメイスと呼ばれる棍棒である。槌矛《つちほこ》と呼ばれることもある、敵を叩き潰すことに特化した打撃武器だ。重くて大きいため攻撃が大ぶりになってしまうことが難点だが、うまくあたれば一撃で相手の身体に穴を開けミンチのようにすることが可能だろう。

これが守護精霊と野良精霊の一番の違い。

人と繋がっている精霊はその姿を武器へと変じることができるのだ。これは昔は出来なかったのが徐々に人が望む姿に適応するようになり、そのような変化ができるように進化していったのだと言われている。

(やっぱり棘が生えている)

チロの変化した姿を見てミモザは眉をひそめた。

ゲームでのチロは序盤はただのメイスである。つまり棘の生えていない鉄球が先端に付いているだけのただの巨大な槌《つち》だ。しかしゲームの半ば頃より狂化が始まり今のような棘の無数に生えたモーニングスターメイスへと姿を変えるのだ。

つまり、やはりゲームよりも早く狂化してしまっているということだ。

一度狂化してしまった者は、進行することはあれど正常に戻ることはない、――と言われている。

(うーん、……まぁいいか)

本当はそんなに軽く済ませていい問題ではない。狂化した個体は取り締まりの対象で、教会や警察に捕まりかねない。しかしミモザの場合は早いか遅いかの違いで正直狂化しない選択肢を選べる気がしなかった以上、諦めるしかない。

一応ゲーム上では侮《あなど》られ過ぎてなのか何故なのか、ミモザの狂化は主人公達以外にはバレてなかったように思う。

チロも小さい精霊のため、普段はなるべくポケットなどに隠しておけばなんとかなるだろう。

さて、とミモザは野良精霊を見る。先ほどまで横を向いていた野良精霊は、少し移動してちょうどこちらに背中を向けていた。

(君に恨みはないが、ごめんよ)

ミモザはチロを両手に持って大きく振りかぶると、

「僕たちの礎《いしずえ》となってくれ」

野良精霊へと向けて一気に振り下ろした。

血飛沫が舞った。

「んーー……」

数時間後、メモ帳を片手に首を傾げるミモザの足元には、おびただしい量の野良精霊の遺体が散乱していた。

あれから延々と野良精霊を狩り続け、ミモザはある程度チロの扱い方を習得しつつあった。

とはいえそれはゲームの中の『ミモザ』が使っていた技術をなんとかおさらいし終えた、という程度のものでしかない。

記憶の中で把握した技術を書き出したメモ帳に、実際に行えたものはチェックをつけていく。

達成率は五十パーセントといったところだ。

「……まぁ、初日だしこんなものか」

メモ帳を閉じ、手とメイスについた血を振り払う。ふと思いついてかがむと野良精霊の遺体に手を伸ばした。

その白魚のような細い指先で遺体を容赦なく探《さぐ》ると、ミモザはそこから白い結晶を取り出した。

「お小遣い稼ぎ程度にはなるかな」

魔導石である。

ゲームでも野良精霊を倒すとドロップし、売ることでお金稼ぎができるシステムだった。

そう、魔導石の正体は精霊の核である。今市場に出回っている物はこうして野良精霊を狩って手に入れた物や、もしくは墓を建てるという文化すらなかった太古の時代にあちらこちらに埋められたり遺棄されていたのであろう守護精霊の核を発掘した物であった。

「皮肉な話だなぁ」

悪質であると禁じられている守護精霊を切り捨てるという行為。しかしこれにより野良精霊が発生し今は貴重なエネルギー源となっている。生活を便利にするためにあらゆる場所で魔導石が用いられている現在において消費される量はすさまじく、『過去の遺産』は確実にいずれ枯渇するだろう。今生きている人の守護精霊も死ねば魔導石として利用されることになるとはいえ、毎日の人が死ぬ量よりも魔導石の消費量のほうが上回っている以上、それは避けられない未来であった。それでも国と教会が守護精霊の切り捨てを禁じるのはその捨てられた精霊の種類によってどのような生態系の変化、あるいは突然変異が生じるかが予測できないからだ。しかし野良精霊をエネルギー量確保のために養殖するという考えは倫理的観念から現状では難しい。

結局のところ、今いる野良精霊達を絶滅させず人に危害が加えられない程度の数に抑えながら自然環境の中で保存し適宜必要量を採取するという、いうなれば放し飼いでの養殖のような形で今は落ち着いている。

この森の中は法律上野良精霊を狩って良いエリアである。特例はあるが一般的に一人が一日に狩っても良い野良精霊の数は二十匹までと決められている。

ミモザが今狩ったのは十六匹。全く問題ない範囲だ。

遺体の中からきっちり十六個の魔導石を回収し、ミモザは立ち上がった。

日は少しずつ傾き、西の空が赤色に染まり始めている。

さて暗くなる前に帰ろうか、と歩きだそうとしたところで、

「『それ』は、狂化しているのかい？」

低い男性の声が響いた。

「…………っ⁉」

ぎょっとしてミモザは弾かれたように声の方向を振り返る。

そこでミモザは自身を捕らえるかのように木陰から伸びる男の手を見た。

凍りついたように立ちすくむミモザの目の前で、その大きくふしだった男の指先が『それ』とミモザの手にするモーニングスターメイス、チロのことを示す。

チロからは黒い塵のような魔力のオーラが漏れ出ていた。

慌てて背中にチロのことを隠すが、男のセリフからももう遅いのは明白だ。

男が影からぬらりと姿を現す。そこにいたのは引き締まった体に教会に属する精霊騎士であることを示す白い軍服を身にまとった美丈夫だった。

夜空のように深い藍色の髪は豊かに波打ちリボンで一つに束ねられて背中を流れ、その長い前髪で右目は隠されているものの黄金色の左目がこちらを眼光鋭く見据えていた。

彼の背後にはミモザの胸の高さくらいまでくるような大きな翼の生えた黄金の獅子が同じくこちらを睥睨《へいげい》している。

その王者然《おうじゃぜん》とした堂々たる体躯の男にミモザは見覚えがあった。

（嘘だろ……）

心中でうめく。

目の前にいる男の胸元には黒鉄《くろがね》でできた剣と翼のモチーフの黒い徽章《きしょう》が光っている。

ミモザの記憶が確かならば、その徽章は『聖騎士』のみが着けることを許されるものだ。

彼の名はレオンハルト。

いじめっ子のアベルの腹違いの兄であり、この国最強の精霊騎士である『聖騎士』の称号を冠する最強の男であった。

『狂化個体』は取り締まりの対象である。

その多くは欲望に理性を飲まれてしまい何をするかわからないからだ。

実際、ゲームの中のミモザとチロも最初はささやかな嫌がらせをする程度だったのが段々とヒートアップしていき、最後の方はかなり直接的に主人公達に危害を加えようとしていた。

ミモザは後退る。

「いや、これは……っ」

なんとか言い訳をひねり出し逃げ道を探そうとして、不意にその体が発火するような熱につつまれ、息が詰まって二の句が告げなくなった。

「……はっ」

呼吸が荒くなる。動悸がする。

一瞬レオンハルトが何かをしたのかと疑ったが、すぐに違うと気がついた。

「チゥーーッ」

チロが低く唸る。

チロが身に纏った黒い塵のようなオーラが、チロを握る手を伝い、ミモザの全身も飲み込もうとしていた。

「……あっ、」

体が勝手に臨戦態勢をとる。チロに引っ張られるようにその切先をレオンハルトへと向けた。ミモザの瞳がちかちかと紅色に輝く。

彼にもミモザの状況がわかったのだろう。側に控えていた黄金の翼獅子に手をのばし、その姿を身の丈ほどの見事な刃ぶりの剣へと変じさせた。

（待て……っ！）

心で命じるのに体が言うことを聞かない。

（……っ、いや、違う、あれは敵だ）

自分達を拘束しに来た敵だと、頭が警鐘を鳴らす。

「チチッ」

『バレたからには殺すしかない』、とチロがささやいた。

メイスを構える。そのまま大きく振りかぶると、目の前にいる敵へと向かって──……、

（違う……っ!!）

直前でミモザは理性を取り戻した。しかし振りかぶった手の制御がきかない。目の前の景色がチカチカと赤と白に明滅を繰り返す。

「……っ、お前はっ！　僕のものだろうが……っ!!」

あまりの怒りにミモザは怒鳴っていた。その瞬間、ミモザの瞳が深い青色へと戻り、身体のコントロールもミモザの手の内へと帰る。

「うんん……っ！」

うなる。モーニングスターメイスの無数にある棘のうちの一つが振った勢いに合わせて槍のように伸び標的を突き刺そうとするのを――、
直前でその軌道を無理やりずらした。

「……っ」

息を呑む。棘はレオンハルトの脇に生える木を貫いた。

それにレオンハルトはわずかに眉をひそめただけだった。おそらく直前で軌道が変わり、自身に当たらないことを悟ったのだろう。微動だにせず、けれど油断なく剣を構えて立っていた。その身体からは適度に力が抜けており、どこに攻撃を仕掛けてもすぐに対応されてしまうであろうことが素人《しろうと》のミモザでもわかった。

その場に沈黙が落ち、膠着状態《こうちゃくじょうたい》に陥る。

ふっふっ、と荒い息を漏らしながら、ミモザは身体を支配しようとしていた狂気が引いていくのを感じていた。

「君は――、」

レオンハルトの声にびくりっ、と身をすくませる。

「ち、違うんですっ、いや、違わないんですけどっ、違くてっ、あの、襲うつもりなんてこれっぽっちも……っ」

そこまで半泣きで言ってから、棘がまだ木に突き刺さったままなことに気づき慌ててそれを戻す。

「あのっ、ごめんなさいっ!!」

そのまま敵意がないことを示すために頭を深々と下げた。

顔を上げられない。

(どうしよう……!)

涙が溢れた。

(怖い)

アベルなど比較にもならない。そこには圧倒的な強者がいた。

その気になればミモザのことなど赤子の首をひねるように殺すことができるのだと、本能でわかる。

(いや、おそらく殺されはしない)

心の中で必死に言い聞かせる。殺されはしない。相手は聖騎士である。殺人鬼ではない。

けれど捕まってはしまうだろう。または処置としてチロを取り上げられてしまうかも知れない。

守護精霊との接続を切り離すことは原則禁止されているが、狂化個体に関しては適切な処置として行われることがあると聞いたことがあった。

「……ふむ、自力で抑え込んだか」

頭上から聞こえたその声音には、面白がるような感心するような響きがあった。彼はそのままミモザの近くに散らばる野良精霊の遺体を見て目を細める。

「いい腕だ。教会に引き渡すのは惜しいな」

その言葉に思わずミモザは顔を弾かれたように上げる。

その顔は恐怖と涙でぐちゃぐちゃだ。

彼は悠然とミモザを見返すと、顎に手を当て思案するように首を傾げた。

「君、一生その狂気と付き合う気はあるかい？　抑え続ける自信は？」

にっこりと微笑んで、彼はまるで明日の天気でも尋ねるような調子でそう問いかけた。

その笑顔はとても爽やかで整っているのに、ミモザには何故か悪魔の微笑みに見える。

しかしこの悪魔に気に入られなければ未来がないことだけは理解できた。

「あります！」

食い入るように答える。

「……素直に教会で『処置』を受けた方が楽だぞ。一生自らの業に振り回されて苦しみ続けることになる」

「それでも……」

ぐっ、と唇を噛み締める。

「それでもいいです。自分のこの……感情を手放すくらいなら」

きっとチロを手放せばそれと引き換えにミモザはこの憎しみも妬みも投げ出せる。

しかしそうした時のミモザは果たしてこれがミモザ自身であると自信を持って言えるだろうか。

チロはミモザ自身だ。ならばチロを失ったミモザはもう元のミモザではないだろう。

嫉妬も報復も、元々愚かな選択なのは重々承知の上だ。

「いいだろう」

レオンハルトは満足げに頷いた。

「見逃してやる。君は自由だ」

その言葉を聞いた途端、ミモザの体から一気に力が抜けた。

（よかった……）

そのまま地面に膝をつきそうになるのをなんとかぐっと堪えた。まだ疑問が残っていたからだ。

「……なぜ」

何故、ミモザのことを見逃してくれるのか？

戸惑いで最後まで言い切ることのできなかったミモザに、彼はその内心の問いを見透かすように薄く笑んだ。

「わからないか？　君にならわかるはずだ」

「……？」

そう言われてよくよく目を凝らす。レオンハルトは何も隠すことはないというように剣を翼獅子の姿へ戻すと両手を広げてみせた。

その姿はどこからどう見ても愛想の良いただの美形だ。

立っているだけできらきらしい。

けれどミモザは歪みにも似た違和感を覚えた。

「あなたは、」

「うん？」

「あなたも……、狂気に囚われているのですか？」

肯定するように彼はにやり、と笑った。金色の目が肉食獣のような獰猛さで輝く。

そしておもむろに右目を覆う前髪を手でかきあげた。

「……あ」

そこには右目全体を潰す火傷のような傷跡があった。まつ毛もない瞼がゆっくりと開かれる。

ぎらぎらと輝く紅の瞳が真っ直ぐにこちらを射抜いた。

慌てて翼獅子を確認する。しかしそのオーラはまばゆいばかりの白色で、特に黒い塵のようなものは交ざっていない。

しかしそれなのに何故かわかる。目の前の彼が自分と同類なのだと。

そこにはシンパシーのような運命共同体に出会ったかのような何かが確かに存在していた。

「これをやろう」

差し出されたのは彼の髪を結っていたリボンだ。黒色のビロードで出来たそれは黄色く透き通った石と、それを守るように描かれた黄金の翼獅子の刺繍がされたいかにも高価そうなものだった。

それを外した途端に彼の翼獅子からは黒い塵が濃密に噴き出し、瞳が紅く染まる。

ミモザはその光景に目を見張った。

彼は苦笑する。

「これについている宝石は実は魔導具の一種でね。幻術を見せる効果がある。大したものは見せられないが狂化の兆候を誤魔化すくらいの効果はある」

ミモザは戸惑い、逡巡した。正直に言えば喉から手が出るほど欲しい。これがあれば今後の憂いが大きく減るのは間違いなかった。けれど、

「でもこれがないとあなたが……」

「ああ、俺は家に予備がもう一つあるからいいんだ。それよりもこれがないと君はすぐにでも捕まってしまうよ」

どうにも詐欺にも似た怖さを感じる。

悲しいかな、これまであまり人に親切にされたことのないミモザには、その優しさが罠のように思えてならなかった。

（ええい、ままよ！）

しかし背に腹はかえられない。結局ミモザは警戒しながらもおずおずと手を伸ばしてそれを受け取った。

その姿はまるで野生の小ネズミが疑いながらも誘惑に抗えず殺鼠剤入りのお菓子を恐る恐るほおばる様にも似ていた。

その様子にレオンハルトは目を細めて微笑む。

「いい子だ。これがあれば同じように狂化した相手以外は騙せるだろう。狂化した者同士はなんとなく感じ取れてしまうのだよ。困ったことにね」

「……どうして、こんなによくしてくださるのですか」

「君には才能がある」

間髪入れずに言われた言葉にミモザは目を見開いた。

「君は精霊との親和性が高いな。それは精霊騎士を目指す上ではとても素晴らしい才能だ。そしてその上で狂気に引きずられない意志の強さがある。正直感情のままに狂気に飲まれるようなら教会に引き渡すつもりだったよ。けれどコントロールできているなら誰に迷惑をかけるわけでもない。わざわざ取り締まる必要性を感じないな」

「……………」

その言葉を聞きながらもミモザの疑心暗鬼は収まらなかった。それをレオンハルトも察したのだろう。「そう警戒してくれるな」と苦笑する。

「……まぁ、共犯者の優遇だよ。俺も人間だからな。判断基準はわりと不公平なんだ」

そう告げると彼はミモザを安心させるようにおどけた仕草でウインクをしてみせた。

「では、俺はこれで失礼するよ。せいぜいバレないように気をつけるんだな、健闘を祈る」

パッと手を上げて颯爽と身を翻《ひるがえ》す姿は潔く、どこまでも爽やかだ。

しかしその身と守護精霊から噴き出す濃密な闇の気配がそれを裏切って禍々しい。

「え、えっと……」

ミモザは焦る。

彼は恐ろしくその上非常に胡散臭い。自分の命を簡単に脅かすことのできる存在への恐怖と疑念は正直拭えない。――けれど、

「待ってください!!」

気づけばミモザは彼を引き止めていた。彼は怪訝そうな顔をして振り返る。

（……う、）

ミモザなど比較にならないほどの濃密な黒い塵の濃度と威圧感に身がすくむ。

「あ、あの……」

ごくり、と唾を飲む。恐ろしい。恐ろしいがこれを逃したら、きっとミモザに次のチャンスはない。

（今のままではじり貧だ）

彼に遭遇して身にしみてわかった。ミモザは無力だ。今だって彼が嘘か真か妙な慈悲の心を出してくれていなければとっくにゲームオーバーになってしまっていたことだろう。

きっとミモザ一人では、今の苦境は乗り越えられない。

（協力者が必要だ）

しかしただでさえ頼れる相手の居ないミモザだ。その上今は狂化してしまっている。

レオンハルト《かれ》をおいて他に頼れるあてがミモザには思いつかなかった。

（たとえこれが間違いでも……）

何もあがかずに終わるよりはよっぽどマシだ。

ミモザは怯えを振り払い、地獄へと足を踏み入れる気持ちで一歩、足を前に踏み出した。

「ぼ、僕を、あなたの弟子にしてくだひゃいっ！」

ミモザは盛大に噛んだ。

「…………っ」

とっさにぱっと羞恥に顔を真っ赤に染めると顔を伏せる。恥ずかしくてとても顔を上げられない。

「弟子……？」

レオンハルトは怪訝そうだ。

（そりゃそうだ）

そりゃあそうだ、内心でうんうんと頷く。チロも武器形態のままだが冷たい視線を向けてきているのがわかる。

「えーーっと、」

「……悪いがそういうのは募集していないんだ。すまないね」

にっこりと微笑んで頭を撫でられる。その視線は生温い。完全に子ども扱いされていた。

（いや、子どもなんだけど！）

子どもだが、そうじゃないのだ。真剣なのだ。

「そうじゃなくって、えっと、僕は真剣でっ」

「うんうんそうか。まぁ、憧れてくれるのは嬉しいよ。ありがとう」

それは完全に大人がわがままを言う子どもを優しく窘める図だ。

何かのお手本のようだ。

「ち、違います!!」

撫でてくる手を払いのけてミモザは叫ぶ。

「僕は！　本気で！　強くなりたいんです!!」

「一体何のために？」

急に至極冷静に突っ込まれてミモザは言葉に詰まった。

(何のために……？)

いや理由ははっきりしている。周りを見返すため、ひいては姉から聖騎士の座を奪うためだ。

しかしそうはっきりとレオンハルトに言うことははばかられた。

まさか「あなたの弟にいじめられていたから見返してやりたい」とか、「あなたの今いる地位に将来姉がなる予定だから奪ってやりたい」と言うわけにはいかない。というかそんなことを言おうものなら下手をしたら殺される。

(殺される!?)

先ほど対峙していた時の恐怖が蘇ってきてびびる。もしかしなくともミモザはとんでもない人間を呼び止めてしまっていた。

そのまま素直に帰ってもらえばよかったのだ。機嫌のいい肉食獣に機嫌がいいからといってミモザのような小動物が話しかけてはいけなかった。

「どうした？」

脂汗をだらだらと流したまま固まってしまったミモザを腕を組んで見下ろすレオンハルトは不思議そうだ。

それはレオンハルトからすれば親切心で言葉に詰まった子どもが話し出すのを待ってあげているだけの図だったが、ミモザには悪鬼が頭上から威圧感を放って見下ろしているようにしか思えなかった。

なんかオーラがずっとどす黒いままだし。

「あ、あの、理由……、理由、は……」

その時のミモザの脳は珍しく高速で働いていた。なんとかして相手の怒りを買わない当たり障りのない理由を探そうと思考は回転し、反転し、そして脱線した。

これまでの出来事が走馬灯のように駆け巡る。泣いて抱きしめてくれる母親、机の中のゴミ、力を得るための儀式、髪を切られたこと、そして姉がこれから得るはずの栄光の記憶——、
聖騎士レオンハルトが姉達をかばって死ぬ光景。

「……あなたを、助けたいからです！」

教訓《きょうくん》、慣れないことはするなかれ。

普段思考のとろい人間が無理して急いで結論を出そうとすると大事故が起きる。

「……ほぅ？」

レオンハルトの目が剣呑に細められるのをミモザは涙目で見守った。

「俺の記憶が確かなら、俺はこの国最強の精霊騎士のつもりだったのだが……、その俺を君が助けてくれると？　一体何から？」

そう言う顔は綺麗に笑っているが瞳は雄弁だ。

なめてんのかこのクソガキ、そう告げていた。

「ち、違います！　そういう意味じゃなくて！　そのですね！」

ぐるぐると元々空転気味だった思考回路がさらに空転し出す。

「す、好きなんです！　あなたのことが‼」

「は？」

「だからあなたのことをお助けしたいんです‼」

「…………」

（何言ってるんだ、僕……っ！）

黙り込むレオンハルトに、またそりゃそうだと内心でミモザは頷く。

だってミモザだって自分が何を言っているのかわからない。

支離滅裂なことを叫ぶミモザに、しかしレオンハルトは冷静に「つまり、俺に好意があるから手伝いをしたいという意味の『助けたい』ということか？」と内容を推測して要約してくれた。

彼は確かに大人なのだろう。

ミモザの記憶ではレオンハルトは十二歳のミモザよりたった五歳年上なだけの、つまり現在十七歳であるはずなのだが、その精神年齢は実年齢よりも遥かに大人びているように思えた。

そのレオンハルトの要約が合っているのかどうかは横に置いて、困っているミモザは「そ、そうです！」と全力でその推測に乗っかることにした。

だって「あなた三年後に死ぬ予定なんです」なんて言えないし。

彼はそのミモザの返答に心底不思議そうに首を傾げる。

「君とは今日初めて会ったばかりだったと思ったが？」

「あ、会ったばかりですけど！」

そこでミモザはやっと一拍呼吸を置いた。自身を落ち着かせるように深呼吸を繰り返す。

この質問に対しては、嘘や誤魔化しは必要なかった。

レオンハルトの左右違う色の目にゆっくりと視線を合わせると、力が抜けたように微笑んだ。

「あなたは僕のことを唯一認めてくださいました。才能があると言ってくれた」

「それだけのことで？」

「それだけのことが、喉から手が出るくらい欲しかったのです」

そう、たったそれだけのことだ。しかしたったそれだけのことがミモザを奮い立たせ、立ち上がる気にさせた。

数日前も。そして今も。

「それだけでこれから先、僕は生きていけます。好意を抱くのには充分過ぎるほどです」

これまでとは一転して自信を持ってそう告げるミモザに思うところがあったのだろう。レオンハルトはわずかに考え込んだ。

「俺は人に教えるのに向かない人間だ。最悪、ただ君を叩きのめすだけの指導になってしまうかも知れないぞ」

「かまいません。あなたのサンドバッグにでも雑巾にでもしてください。そこから勝手に僕が学びます。あなたは僕の人生の恩人です。恩は返します。必ずお役に立ってみせます」

だから、

「あなたのそばに置いてください」

そらされない目線の強さと意志に、レオンハルトはどこか眩しげに目を細めた。

「……いいだろう。しかし俺は忙しい。基本的には課題を出して時々様子を見にくる程度になるだろう」

「充分です！」

「ではこれを」

レオンハルトは懐からメモ帳とペンを取り出すと何事かを書き込んでそれをミモザに手渡した。

ミモザはどきどきと胸を高鳴らせて受け取ったその紙を開く。

ここに、精霊騎士として強くなるための極意が書かれている。

はたしてその中身は——、筋トレのメニューだった。

「……えっと」

「まずは体を鍛えなさい。話はそこからだ」

告げられる言葉は淡々としており、重々しい。

「…………はい！」

ミモザはとりあえず頷いた。長いものには巻かれるタイプの人間だからである。

ちなみに元気よく返事をしたはいいものの、その頭上には無数のクエスチョンマークが踊っている。

「いい返事だ」

しかしその内心を知らないレオンハルトはそう満足気に頷いた。

時には明かされない真実もあっていいのだな、とその様子を見てミモザは学んだ。

第三章　根性論的修行

レオンハルトとの出会いから三ヶ月後、ミモザは、

「ふんふんふんふん！」

腕立て伏せ百回も軽くこなせる細マッチョへと華麗なる変身を遂げていた。

「ふんふんふんふんふん！」

腹筋もなんのそのである。お腹にはうっすらと線が入り夢のシックスパックである。

「ふんふんふんふんふんふん！」

ダンベルなんて高価なものはないので森から調達した岩を上げ下げする。最初は手のひらサイズの岩でぜいぜいと息を切らせていたが、今は自分の上半身くらいの大きさの岩も軽々とはいかないが持ち上げることができる。

「ふんふんふんふんふんふんふん！」

ランニングもなんのそのだ。村の外周十周くらいは朝飯前だ。

「ふんーっ!!」

ブシャァアア！

ミモザはりんごを両手で握り、気合を入れて握りつぶした。コップの中へとばらばらと落ちてい

くのを見守り、コップを掴むとそのまま豪快に天然百パーセントりんごジュースをごくごくと飲み干す。

「ぷはぁっ！　最高の気分だ！」

実に清々しい。

筋肉を身につけてからのミモザは内面が明るくなるのを感じていた。自信がついたのだ。

「力こそパワー！　筋肉は裏切らない!!」

きゃっきゃっとはしゃぎながらミモザは森へと繰り出した。このアドレナリン全開の勢いのまま野良精霊狩りによる経験値稼ぎへと赴くためだ。

「チゥー……」

その背中を呆れたように眺めながらも、チロは仕方がないと言わんばかりにため息をついて、駆け出すミモザの後へと続いた。

ちなみにこの三ヶ月間、レオンハルトの来訪は一度もない。

＊＊＊

どうしてこうなったのだろう。

だらだらと脂汗を垂らしながら、数時間前の浮かれていた自分のことをミモザは嘆いた。

ミモザの目の前には今、

「ウルルルルゥ！」

低い唸り声を上げ、両腕を挙げて威嚇する熊型の野良精霊がいた。

途中まではいつも通り順調だったのだ。

森の浅瀬でここ最近ですっかり慣れ親しんだうさぎ型の野良精霊と戯れ、一月前あたりから攻略を開始した森の半ば周辺で犬型の野良精霊を狩る。

十二匹ほど狩り、のんびりと魔導石の採取をしていたところで異変は訪れた。

まだミモザが足を踏み入れたことのない森の奥の方から大量の野良精霊が現れたのである。

「は？」

驚きつつも身構えるミモザのことを、しかし彼らは無視して通り過ぎていった。

まさに台風一過、土埃を巻き上げて彼らは去って行った。

「一体なんだったんだ？」

その勢いに気押され走り去る姿をすっかり見送ってから、ミモザは呑気に彼らが走って来た方角を振り返り――、

そこに三つの紅い目を光らせどす黒いオーラを身にまとい、仁王立ちをしている巨大な熊の野良精霊の姿を見た。

「…………え？」

そして今、話は先ほどの場面へと戻る。

突然現れた大物に、ミモザはメイス姿のチロを握りしめて立ち尽くしているのであった。

（というかこいつ、ゲームのイベントで登場する中ボスでは？）

その明らかに狂化個体である熊を見て思う。確かステラ達が最初の試練の塔に向かう途中に現れる序盤の中ボスだ。

さて、ステラ達は一体どうやって倒していたんだったかと考えている間に、

「グアアァァ!!」

その熊の野良精霊は挙げていた両腕をミモザに向かって振り下ろしてきた。

「……っ！」

慌てて後ろに飛び退き避ける。

「このっ！」

ちょうどミモザが避けたせいで熊は両腕を地面につくような姿勢になり隙ができた。それを見逃さずミモザはメイスを横殴りにその顔面へと叩きつける。

「……っ!?　かったい！」

しかしそれは骨に当たる鈍い音を立てただけで終わった。熊の頭は確かに殴ったはずなのに向きを変えることもなく、紅い目がぎょろりと動いてミモザを睨む。

そのまま頭を一瞬低く下げると下からすくい上げるようにしてミモザのことを頭突きでメイスごと吹っ飛ばした。

身体が宙に浮く。熊は飛んだミモザがどこに落ちるのか確認するようにこちらを眺めていた。

このままでは川から跳ね上げられた魚のように美味しくいただかれてしまう。

「このやろう」

ミモザは悪態をつくとメイスを振りかぶり棘を伸ばして少し離れた木へと刺す。そのまま棘を縮めると刺さった木に吸い寄せられるようにして枝の上へと着地した。

「ウルルルルルルッ」

大人しく落ちて来なかったことに怒ったのか、唸りながら熊はミモザの着地した木の幹へと突進した。何度も頭を打ちつけてくるたびに幹は悲鳴を上げ折れるのも時間の問題だ。

（うへぇ、どうしようかな）

とうとうバキィと小気味良い音を立てて木は真っ二つに折れた。

熊はこちらを目掛け大きな口を開けて歓喜の咆哮を上げる。

ミモザはというとメイスを足場にするように自身の身体より下へと向けるとそのまま棘を伸ばし、落下速度と全体重をかけてその棘を熊の口の中へと突き刺した。

さすがに口腔内はそこまでの強度がなかったらしい。肉の裂ける鈍い音と血飛沫を上げて熊は直立したような姿勢のまま一気に串刺しとなった。しかし生命力が強いのか、しばらくの間は頭上にいるミモザを殺そうと手を伸ばし蠢《うごめ》いていたが、やがてゆっくりとその動作を止める。

どうやら絶命したようだ。

「うわー、えぐー」

足元に広がる光景に自分でやっておきながらミモザはちょっと引いた。

地面へと飛び降りるとチロをメイスからネズミへと戻す。

「これ、やっぱりイベントの奴だよなぁ……。なんだってこんなタイミングで。フライングなんてレベルじゃゃ……」

言いかけてハッとミモザはあることに気がついた。

（これ、倒して良かったのか？）

本来なら姉が三年後に倒すべき相手である。

（ストーリーになにか影響があったら……）

ミモザは元々のゲームのストーリーを頼りに対策を打っているのである。もしチロの狂化のように今回の件で何かが早まってしまうと、それだけでミモザの修行が間に合わなくなってしまう可能性がある。

「ど、どうし……」

よう、と言いかけて、ミモザの言葉は途切れた。

何故ならがさがさと草むらが不穏な音を立て始めたからである。

ミモザはその草むらの動向を見守った。

がさり、と一際大きな音を立てると何かが出てくる。

それは先ほど倒したのと同じ、紅い目が三つあるどす黒いオーラを放った熊だった。

全部で十匹くらい居た。

「…………」

その大量の熊たちとミモザの目があってしばし見つめ合う。そしてミモザはそろりと目をそらすとぐっ、と拳を握ってうつむいた。

（全然心配する必要がなかった！）

その瞳にうっすらと涙が浮かぶ。

ゲームの中ボスを倒してしまった。ゲームの展開が変わったらどうしよう。なんかおかわりがいっぱい来た。『今ここ』である。

「……っ、逃げよう!!」

チロもさすがにこれには同意なのか素早くミモザの肩へと駆け登った。

そのままきびすを返すとにかく走る。幸いなことに木が邪魔をして真っ直ぐ走れないこともあり、走る速度は小柄なミモザの方が速いようだ。

しかし重要な問題があった。

（逃げるってどこに？）

普通の野良精霊ならば村でいい。大抵のものは精霊避けを嫌がって退散してくれるし、よしんば精霊避けが効かなくとも大人達が大人数でかかれば、よくいるうさぎ型や犬型の野良精霊は簡単に始末できるだろう。しかし相手は狂化個体である。しかもおそらく本来ならこんな人里には来ないような森の奥深くに生息しているはずの熊型だ。

（これ、村に行ったらまずいんじゃないか……？）

今更ながらに気づく。このままでは村が危ない。

別にミモザのことをいじめた連中やその他の仲良くもない奴らが死んだところでミモザは困らない。その程度に薄情な人間な自覚はある。けれど村には、

（ママがいる）

母親が危険にさらされるかも知れない。ミモザにとってそれだけは避けたい事態だった。あとついでに姉もだ。復讐の前に死なれては寝覚めが悪い。

（いや、もしかしたらお姉ちゃんならなんとかなるのかも知れない）

それこそ主人公補正やらなにやらでだ。

（しかしそれはそれで腹が立つ）

ミモザは立ち止まった。そして振り返ってチロに手を伸ばす。

「チー」

チロは心配そうにしながらも、その身をメイスへと変えてくれた。

「ごめんね、チロ」

謝ってメイスを構える。

目の前にはもう熊の群れが押し寄せて来ていた。

「けど、譲れないこともある」

意識を集中させる。あの熊は硬い。骨や皮のある部分は狙うべきではない。狙うなら口か目だ。

（こんなに大勢かぁ）

ミモザはこれまでメイスの棘を一本しか伸ばすことに成功していない。しかしゲームの中のミモ

ザはそれこそ変幻自在に複数の棘を同時に伸縮して槍のように扱っていた。

（できるはずだ）

ゲームのミモザができていたのだから。

姉に無様に負ける出来損ないにもできていたのだから。

ならば姉に勝つつもりの今のミモザにも、

「できなきゃダメだ!!」

メイスの柄の部分を地面に突き立てる。そして棘の部分は──、
全てあらぬ方向へと伸びた。

うちの何本かは幸運なことに熊の方へと向かいその目を差し貫く。しかしせいぜいが二、三匹程度で、ちゃんと仕留められたのはその中でも正面にいた一匹だけだ。

（もう一度っ！）

棘を引っ込めて後退りし距離を取る。近づき過ぎれば仕留められるのはミモザの方だ。

複数の棘を同時に伸ばすことには成功した。次はコントロールだ。

「いけ！」

もう一度伸ばす。今度は前方の棘だけを伸ばすことに成功したが、まったく熊の目には刺さらず分厚い毛皮と骨に遮《さえぎ》られる。

（おかしいな）

そこでやっとミモザは気づく。攻撃が通らなさすぎる。

ゲームの中のミモザは雑魚だが、しかし野良精霊に攻撃が通らないほどではなかった。ピンポイントで粘膜が露出した場所を狙わなければ倒せないというのは違和感がある。

（この熊が中ボスだからか？）

しかし序盤の中ボスである。こういうのがボスですよ、というチュートリアルに出てくる程度のものだ。

（──ということは）

考えられる可能性は一つだ。

今のミモザが弱すぎるのだ。おそらくだが、ゲーム開始時よりもレベルが低い。

実はこのゲーム、レベルが見れるようになるのは一番最初の試練の塔を攻略し終えてからである。

そして試練の塔に入っていいのは十三歳から。この世界の成人年齢をすぎてからなのである。

つまりぎりぎり十二歳のミモザにはレベルが見えない。

（これ、もしかして詰んでる……？）

ミモザの額を冷たい汗が伝った。

事態は膠着していた。

大振りな攻撃をしてくる熊達と、一定の距離を保ちつつ立ち回るミモザの攻撃は互いに一向に当たらない。

（気が遠くなってきた……）

これがゲームならミモザはもう投げ出している。しかし今のミモザにとってこれは現実だ。投げ出せば待っているのは死である。

そして単純にこの膠着状態がこれ以上続けば不利なのは仲間のいないミモザの方だった。

（まさかこんなところでぼっちを思い知らされるはめになるとは……）

昨日までのミモザは想像もしなかっただろう。熊相手に友達多いマウントを取られているこの現状のことなど。

「……あっ」

そんなミモザにミスが出たのは必然だった。迫りくる熊と距離を取るために背後に踏み出した足を木の根に取られてしまったのだ。

「………っ」

慌てて手をつきバランスを取るが、地面に膝をついてしまう。

ずっとミモザを食ってやろうと狙っていた熊達がその隙を逃すはずもない。

（あ、これ死んだ）

そう悟った瞬間、目の前に迫り来る熊達の顔面が急に目の前から消えた。

「………え？」

一体何が起きたのかが分からなかった。

ちりちりと何かが焼けこげているような熱と臭気に包まれながら、それを呆然と見上げる。

熊達の首から上が吹き飛んでいた。

「そのまま伏せていろ」

「ひぇっ」

声と共に熱波が頭上を掠《かす》める。おそるおそる顔を上げると、残りの熊達の首も跳ね飛ばされているところだった。

「……くびちょんぱだ」

どさどさと音を立てて首なしの遺体が目の前に積み上がる。

「無事か？」

その悪夢のような光景を一瞬で作り上げた人物は、状況にそぐわぬ落ち着いた声でのんびりと聞いてきた。一応疑問形はとっているがその口調は無事を確信している。

夜空のように深い藍色の髪、鋭い輝きを宿す黄金色の左目、均整の取れた身体をしたその美丈夫は、

「……レオンハルト様」

そこにはまごうことなき最強の精霊騎士の姿があった。

「どうしてここに……」

「うん？　時々様子を見に来ると言っただろう」

差し出された手をとり立ち上がる。どうやら彼は忙しい仕事の合間をぬってミモザの様子を見に来てくれたようだった。

てっきりミモザのことなどもう忘れてしまったか相手をするのが億劫《おっくう》になってしまったかと思っ

ていたので驚く。その表情からこちらの気持ちを察したのだろう。レオンハルトは少々気分を害したように眉をひそめた。

「別に忘れていたわけでも投げ出したわけでもない」

「え、へへへ、もちろんです。そんなこと思ってませんよ！」

「まったく……、まぁ、出していた課題はきちんとこなしていたようだな」

誤魔化すようにもみ手をしてゴマをするミモザの腕や足に筋肉がついていることを見てとって、「そこは褒めてやろう」と彼は鷹揚に頷いた。

「そこに着けたんだな」

ふと気がついたように彼が言う。視線を辿るとそれはミモザの首元、レオンハルトにもらった黄色い宝石のついたリボンに向いていた。

「ああ」と頷いてミモザは遠い目になる。大変だったのだ、色々と。

最初は見えないように服の中、腕や足につけようとした。なぜならこんな高価そうなものを持っていれば母や姉に何かを言われることは必至だったからだ。

しかしこの魔導具、どうやらこの宝石部分を隠してしまうと効果がないらしかった。そのためなんとか目立たず宝石が隠れない場所を模索したが、そんな場所は思いつかなかったのである。

仕方なくレオンハルトを真似して髪につけようとして、髪が短くて断念した。次に腕につけたがいつ汚れるか壊してしまうかとハラハラしてしまい落ち着かず、最終的に落ち着いたのが首にチョーカーのように巻くという現状である。

当然のことながら、母には「そんな高そうなものどうしたの？」と心配され、姉には「いいなぁ、わたしもそういうオシャレなの欲しい」と詰め寄られた。

それに対してミモザは「誕生日プレゼントにもらった」「これあんまり高くないよ！　宝石じゃなくてイミテーションだって」で無理矢理押し通した。実は春生まれでレオンハルトに出会う一ヶ月前に十二歳になったばかりだったミモザは「少し遅めの誕生日プレゼント」と言い張った。相手に関しては「時々遊んでくれる近所のお兄さん」だと母にだけこっそりと告げた。納得はしていないようだったが、それ以上は話したがらないミモザに母はひとまず様子を見ることにしたらしい。

姉はあまり高価な物ではないと聞いて欲しがるのをやめた。元々レオンハルトが着けていただけあって男性向きのデザインのため好みじゃなかったのだろう。

「えっと、他につける場所が思いつかなくて……」

しかしそれを言っても仕方がないのでミモザは前半部分だけを割愛して伝えた。

レオンハルトはそんなミモザの様子に気づいていないわけではないのだろうが、「ふうん」と気のないふうに流す。

そして手を伸ばしてリボンの位置をちょいちょいと直し始めた。どうやら熊とやり合っている間にズレていたらしい。それだけでは直らなかったのか、彼は一度結び目を解いてから綺麗に巻き直してくれた。

巻き直すために顔が近づき、長い藍色のまつ毛が伏せられているのが間近に見える。

「よし。ああ、よく似合っているな」

巻き終わったのかそのまま顔を上げて彼が微笑んだ。

「……はぁ、どうも」

（ドアップに耐えうる美形すごいな）

そして紳士である。初対面の時は垂れ流しになっていた黒いオーラが今は見えないため、さらに美形に拍車がかかりその顔はきらきらと輝いて見えた。

リボンに手で触って確認すると、ミモザが巻いた時よりもずっと綺麗に結ばれているように思う。

「前回会った時、落ち合う場所を決めていなかっただろう。君と初めて会った場所に行けばいいかと思っていたら、大量の野良精霊が村に向かって走っているじゃないか。放っておくと障りがありそうだったからそいつらを片付けながら様子を見に来たら君がいたんだ」

そのまま素知らぬ顔で彼は話題を戻した。惚けていたミモザは一瞬話題についていけずぱちぱちと瞬く。そんなミモザには構わず「まさかこの森でもこんなことが起きるとはな」とレオンハルトは続けた。

「この森で『も』？」

その言葉に引っかかりを覚えてミモザは首をひねった。それを横目でちらりと流し見て「ああ」と彼は頷く。

「数はそう多くないが、他の場所でも同様の事例が見られていてな。なんの前触れもなく局地的に狂化個体が大量発生するんだ。その対応と原因調査でなかなか手が離せなかった」

「原因、わかったんですか？」

彼はその質問には答えず肩をすくめてみせた。わからなかったということだろう。

(ゲームの状況と似てる)

主人公のステラが最終的に聖騎士の地位を賜ることになる事件。あれは確か狂化したボス精霊の暴走を止めるというものだったはずだ。そしてその前兆は主人公が故郷を旅立った頃からすでに見られていた。

この三つ目の熊はその前兆のうちの一つだ。

(ゲームが始まる前からすでに前兆があったのかな)

もしくは本当に展開が早まってしまっているのか。

いずれにしても、ゲームでその原因が語られていたのかどうかすらミモザには思い出せない。

「随分と頑張ってくれていたな」

「え?」

思考の海にもぐっていたミモザはその声に我に返る。見上げるとレオンハルトは微笑んでいた。

「君がここで抑えてくれていたから俺が間に合った。君がいなければ村に被害が出ていただろう」

「そんなことは……」

「あるさ。謙遜は美徳だが卑屈は害悪だ。自身の功績は素直に誇りなさい」

そう言って背中を叩く手は力強く、ミモザを明るい方へと後押しするようだ。

「あ、りがとう、ございます」

胸が熱くなる。涙が溢れそうでミモザはうつむいた。

努力を認められるということがこんなに得難いことなのだと、生まれて初めて知った気がした。

「さて、俺はもう少し奥の方を調べてみるつもりだが、君はどうする？」

「ご一緒させてください！」

「足を引っ張るようなら置いていくぞ」

意気込むミモザにレオンハルトは笑顔で釘を刺す。

それはわりと本気の声音だった。


結論から言うと原因となるようなものはまるで見つからなかった。

先ほど暴れ回っていた熊達が寝ぐらにしていたのであろう巣穴は見つかったのだが、レオンハルトによるとその巣穴自体にも周辺にも特に狂化に繋がるような不自然な点は見当たらないらしい。

「基本的には野良精霊が狂化することは非常に少ないんだがな」

「そうなのですか？」

「ああ、通常狂化というのは人間の感情に引っ張られてなるものだ。抑圧されたストレスが爆発する形で起こる。しかし野生動物はストレスが加えられても抑えるということをせずその場で威嚇という形で発散するものだ。よって狂化しにくい」

「それは……、野生動物でも追い詰められて、長くストレスにさらされるような状況になれば起きるということでしょうか」

ミモザの鋭い指摘に意外そうにひょい、と眉を上げてレオンハルトは頷く。

「そうだな。そう考えてもらっていい。多くは自然災害や人間が住み家に踏み入り荒らすことで起こる。しかしこの場所は平和そのもので、災害などが起こった痕跡も森が開拓された様子もない」

これは他の場所と同じくこれ以上探っても何も出ないだろうな、とレオンハルトはぼやいた。

「それって……」

言いかけたミモザに、皆まで言うな、と彼は手を振る。

「推測の域を出ん。迂闊《うかつ》なことは言うものではないよ」

そのセリフが彼もミモザと同じ可能性を思い浮かべているのだと物語っていた。

天災でないのならばこれはきっと人災だ。レオンハルトが何件も調査していずれも痕跡がないというのならば、それは意図的にその痕跡を隠蔽しているとしか思えない。

誰かが人為的に狂化を引き起こしている。

単純に人知れず虐待などを行った結果として偶然狂化が起こっているのならばまだいいが、狂化を起こすことを目的としていた場合は厄介と言うより他にない。

「まぁ、この話はここまでだ。時間もないし本題に入るとしようか」

「本題？」

首を傾げるミモザに「何のために俺がここに来たと思っている」と彼は呆れたように言った。

「君の修行をつけるためだろう」

「あ」

すっかり頭から抜けていた。そんなミモザに彼は再びため息をつくと、

「ところで自己紹介を忘れていた。俺はレオンハルト・ガードナーという。守護精霊の名はレーヴェ。君の名前は？」

となんとも今更なことを聞いてきた。

「えっと、有名なので存じあげております。ミモザと、この子はチロです……」

ミモザもすっかり忘れていたので人のことを言えなかった。

＊＊＊

レオンハルトは英雄である。

国に被害をもたらすボス精霊や狂化個体を撃ち倒し、隣国との親善試合で勝利を収めるなどの数々の手柄を挙げたことにより、平民にもかかわらず聖騎士の称号とさらには爵位まで賜った、まさに実力ですべてを手に入れたサクセスストーリーの持ち主だ。

つまり何が言いたいかと言うと、
天才は人に物を教えるのに向かない。

その事実をミモザは今実地で味わっている。

彼は言った。

「まずは手本を見せよう」

それはまぁ、いい。そしてさらにこう続けた。

「人間は追い詰められた時に本領を発揮する」と。

「ひぃーー!!」

衝撃波がミモザの髪をかすめる。

「はっはっは！　逃げてるだけじゃ修行にならないぞ！」

かくして地獄の鬼ごっこの幕が開けた。


再びレオンハルトの剣から斬撃が衝撃波として放たれる。ミモザはそれを死に物狂いで避けた。

「なにをしている。同じように攻撃して相殺しろ」

(いや失敗したら死ぬんですが！)

どうやらレオンハルト的にこの攻撃は見本を見せているつもりらしい。

(『なにをしている』、じゃない！)

あなたのほうこそ一体『なにをしている！』と言いたい。

(けど、言えない！)

また衝撃波が放たれた。ミモザが隠れていた岩がチーズのように真っ二つになる。

ミモザがあちこちの木や岩を盾にしたせいで周囲は大惨事だ。

(まずい……っ)

遮蔽物が破壊され尽くし、盾にするものがなくなった。

レオンハルトが犬歯を剥き出しにしてにぃ、と笑う。

「さぁ、防いでみせろ！」

（死ぬ）

ひやりと冷たいものが体に走る。その時ミモザの身のうちに湧き上がってきたのはどうしてこんな目にあうのかというレオンハルトに対する理不尽な怒りだ。

学校でいじめられている時も感じていた。もう傷つきたくない。傷つけられたくない。もう誰からも傷つけられるのは——、

「いやだっ!!」

その瞬間、一気に膜のような何かがミモザの周りに広がり、レオンハルトの斬撃を防いだ。

「……え？」

手の中からメイスが消えている。目の前には棘が何本も突き出た半球状の透明な壁が広がっていた。

「防御形態か。なかなか硬そうだな」

近づいてきたレオンハルトがそれを剣でガンガンと強度を確かめるように叩く。

「防御形態……」

パッと思わずメモ帳を取り出して確認する。確かゲームの中でミモザが使っていたものだ。正式名称がわからないので見た目から『ウニの盾』とメモには書いていた。とりあえず使うことが出来たのでチェックをつける。

「なんだそれは？」

「……っ！」

ミモザのメモ帳をレオンハルトは興味深そうに覗き見ていた。驚いている隙にメモ帳を取り上げられる。

「あっ、それは！　なんというか、こういうのが出来たらいいなーっていうやつで！」

「ほぅ？」

しげしげと内容を検分して、「よくできているな」と彼は頷いた。

「基本を抑えているし、どれも実現可能そうなものばかりだ」

「いやー、ははは……」

そりゃそうだ。

どれもゲームの中の『ミモザ』が使っていた技なのだから。

「印がついているのはもう出来ているものか？」

「はい」

ふむ、とレオンハルトは一つ頷くと「よくわかった」と言ってミモザにメモ帳を返した。

(何がわかったんだろう……)

嫌な予感がする。猛烈に。

「まずは防御形態のおさらいをしよう。一度できたからと言って満足してはいけない。いつでも自分の意思でできるようにならなければな」

言っていることはごもっともだ。ミモザは頷いた。

「それからメモに書かれていた他の技に関しても可能になるよう協力しよう。ようはその技を出さねばならない状況に追い込めばいいんだ」

その発言にはミモザは首をぶんぶんと横に振った。次に起きることの予想がついたからだ。

しかし事態はミモザの予想を裏切った。悪い方向に。

レオンハルトは笑顔でミモザのことをがしっと掴むと両足に縄を巻き始めた。

「あのー、これは……」

「先ほどので君は追い詰められれば本領を発揮できるということが実証された。しかしちょこまかと逃げ回られると面倒だからな。動けないようにしよう」

そこまで言って彼は剣を地面へと打ち付ける。一瞬で地面にぼこっと穴が開いた。煙がたっているところを見るに、おそらく蒸発したようだ。

そこに縄で結えた両足ごと下半身を入れられて埋められた。

「あの、ご慈悲をいただけないでしょうか……？」

一応聞いてみた。

「これが俺の慈悲だとも」

笑顔で返された。それは聖騎士というよりも魔王の笑みに見えた。

幕間　夢1

「ミモザ、どうしてこんなことをするの？」

悲痛な表情でステラはそう叫んだ。視線の先には瓜二つの少女がいる。しかしその顔はステラとは違いどこか硬質で人を見下すような冷たい目をしていた。

その瞳は、紅色に染まっている。

「どうして？　本当にわからないの？」

彼女は呆れたように首を振った。

「何度も言ったのに！　何度も何度も何度も何度も！　お姉ちゃん！　あなたはやり過ぎたの‼」

「やり過ぎたって、一体何をっ」

「僕が間違ってるって思ってるんでしょ、自分は正しいと思ってる！」

ミモザは涙をはらはらと流しながら笑った。

「だから僕の言うことを無視するんでしょ？」

「無視なんてしてないわ、ミモザ！　お願い！　お姉ちゃんの話を聞いて‼」

ミモザは首を振る。何度も、何度も。

「……もう遅いよ」

「ミモザ？」

「お姉ちゃん、あのね、……っ⁉」

そう言った瞬間、ミモザの口から血が溢れ出た。

「ミモザ‼」

「なん、で……？」

その瞳は驚きと焦燥で満ちている。彼女が地面に倒れ伏すと鮮血は口からだけでなく、背中からも流れていることがわかった。

背後から切り付けられたのだ。

ステラ達は辺りを見渡したがどこにも人影はない。

「ああ」とミモザは絶望の吐息を溢した。

「あなたも、僕を切り捨てるのですね、……様」

「ミモザ⁉　ミモザ‼」

ステラが駆け寄り体を抱えるが、その体はもう熱を失い始め、意識は消えていた。

ぱたり、とミモザの腕は地面へと落ちた。


そこでミモザはガバッと布団から跳ね起きた。

「え、し、死んだっ！」

いや、正確には死んでいないが。

死んだのはゲームの中の『ミモザ』だ。

（思ったより意味深な死に方してたな）

てっきりもっとこう、悪いことしやがってー、うりゃあ、サクッ、みたいなあっさりした死に方かと思っていた。

「っていうかもしかして黒幕みたいのがいる？」

思わずチロに確認すると、チロも夢を共有していたのだろう、もっともらしく頷く。

「チチッ」

殺意高めの相棒が『誰だか分かり次第殺してやろうぜ』、と言ってくるのはいつものことなので今は横に置いておく。

（一体誰に『ミモザ』は殺されたのだろうか？）

いつも肝心なところがわからない。しかしゲームのミモザは何者かに裏切られた様子だった。つまり、ミモザには仲間がいたのだ。

（まじか……）

ミモザはちょっと感動する。思わず口元がにやけた。

なんと、未来のミモザはぼっちではないのだ！

寝ぼけ頭でにやにやと笑うミモザを見て、チロは無言でその脇腹を蹴り飛ばした。

「うぐっ」

「チチィー」

『裏切られてんのに喜ぶな』とその目はじっとりとミモザを睨む。

「うっ」

その言葉と視線の冷たさにミモザは胸を押さえてうめいた。蹴られたのは脇腹のはずなのになぜか胸の方が痛い。

ごもっともである。

ミモザは胸を押さえたままゾンビのように前のめりにベッドにぱたん、と倒れると、

「ずっとぼっちなのとたとえ将来裏切られるとしても一時的に仲間と呼べるような存在がいるの、どっちがましだと思う？」

チロに弱々しく問いかけた。

「チチッ」

ミモザ的に究極の選択のつもりで出したその質問は、『どっちも嫌だ』とチロににべもなく切り捨てられる。

「ううーー……」

その返事にさらなるダメージを負いながらも、頭の冷えたミモザはなんとか胸から手を離して身体を起こした。

「……大丈夫。まだ致命傷じゃない。まだ立ち直れるぞ、がんばれ、僕！」

ぶつぶつと自分のことを鼓舞する言葉を呟きながら、ほうほうのていでやっと気を取り直す。

今大事なのはぼっち離脱の方法ではなく、『ミモザが誰に殺されたのか』、だ。

（何つながりの仲間かはわからないけど……）

ゲームのミモザの行動を可能な限り思い起こしてみる。

ミモザは嫌がらせキャラだ。そのミモザの仲間ということは、つまり主人公達の行動をよく思っていない人間が他にもいたということになる。

しかしミモザの嫌がらせを思い起こしてみても、正直いまいちピンとこない。

ミモザの嫌がらせは学校の卒業試合でステラに敗北し、それに対して嫌味を言うところから始まる。そこから道中でステラ達に対し「そんなに野良精霊をたくさん狩るなんて酷い」とかいちゃもんをつけてステラから魔導石を奪ってみたり、試練の塔に着いた際に「そんなんじゃ中には入れられない」などと言って喧嘩をふっかけてきたりする。

正直序盤の嫌がらせなど大した行為ではない。後半になるほど戦いを挑んでくる回数こそ増えるが、ミモザは雑魚キャラなので経験値稼ぎ要員として扱われていたように思う。

うーん、とミモザは首をひねった。

それにしてもあの死に方は、

「もしかして、僕って意外と重要人物だったり？」

言ってみただけだ。

チロは『さぁ？』というように首を傾げてみせた。

第四章　レオンハルトという男

ミモザは自分の身長よりも遥かに大きな岩の前に立っていた。

「行きます」

宣言とともにメイスを振り上げ、岩に軽くこつん、とつける。

するとメイスが触れたところから振動が波紋のように広がり、その衝撃波により岩は粉々に粉砕された。

「まぁまぁだな」

その様子を背後で腕組みをして見ていたレオンハルトは、しかし言葉とは裏腹に満足そうに頷いた。


さて、レオンハルトと出会ってから半年が過ぎていた。スパルタもとい地獄の修行の成果により、ミモザのメモ帳のチェックリストは着々と埋まってきている。

忙しいレオンハルトだったが、最初の三ヶ月はさすがに開け過ぎたと思ったのか定かではないが、それからは一〜二週間に一度、長くとも一ヶ月に一度にその指導の頻度は落ち着いていた。とはいえ忙しい聖騎士様である。指導の時間をしっかりと取れる時もあれば、十分やそこらでいなくなることもざらであった。

「あのー」

本日の修行が終わり、「では、今言ったことを次までにやっておくように」と告げて立ち去ろうとするレオンハルトをミモザは慌てて呼び止める。

「すみません、これを」

差し出したのは水筒だ。

「これまで王都から時間をかけてきていただいてしまって……、お疲れでしょうに何も用意せず……。すみません、気が利かなくて」

よければお持ちくださいと決死の思いで差し出す。何をその程度のことでと言うなかれ。これまでの人生でまともに人と関わってこなかったミモザにとっては一大事である。

今の今まで自分のことに精一杯で、師匠に対する配慮が欠けていたと気づいた時には愕然としたものだ。

「……そのような気遣いは無用だ」

「いいえ、ただでさえこんなによくしていただいて謝礼もお支払いしていませんのに」

どうか、このくらいは。

冷や汗をかきながら悲壮なくらい真剣な表情で訴えてくるミモザの様子に、レオンハルトはふっ、と笑った。

「そうか、では好意に甘えよう」

受け取ってその場で飲もうとするのに慌ててミモザはおつぎします、と押し留めた。

「ミルクティーか」

「申し訳ありません、その、何がお好きかわからなくて……。僕の好きな飲み物をいれてしまって」

今になって後悔する。運動後に飲むようなものではなかった。

「いや、構わないよ」

そういうと一気にあおるレオンハルト。

「あの、もしもご希望のものがありましたら次回から用意しておきます」

「そんなに気を遣わなくても大丈夫だ」

彼は安心させるように笑ってみせる。実に爽やかな笑顔である。しかしミモザにはその笑顔は安心材料にならなかった。

「いえ、でも僕は弟子ですから。お世話になっている師匠に気を遣わなければ、他にいつ気を遣うのでしょう」

「……次からもミルクティーで構わない。君も飲みなさい。俺のほうこそ水分補給に気を遣うべきだったな」

「……いえ」

レオンハルトから差し出されたコップを受け取り、自身もミルクティーを飲む。

気づけば自然と二人並んでその場に座り、交互にミルクティーを飲む流れになっていた。

（き、気まずい……）

ミモザはだらだらと冷や汗を流す。

これまで修行のために何度も顔を合わせているが、レオンハルトは手合わせをした後はあっさりと帰ってしまうためこのように何もしないで二人でいるというのは初めてである。

自分から声をかけておいてあれだが、なるべくこの時間を早く終わらせようとミモザは意識してごくごくとミルクティーを手早く飲みすすめていった。

「君は王都へ来たことはあるか？」

二人はしばらく黙ってそうしていたが、少ししてレオンハルトがそう声をかけてきた。

「……いいえ」

「そうか、では今度案内でもしてやろう。色々と遊ぶところもあるし、女の子が好きそうな店もある。どんなところが見てみたい？」

その甘い誘いをするような声音にミモザは戸惑う。

「……あの、レオンハルト様？」

「うん？」

「そのようなお気遣いは結構ですよ？」

レオンハルトは悠然とこちらを見返すと言葉を促すように首を傾げてみせた。

その仕草は絶対の優位を確信している満腹な獅子が小動物をどう遊んでやろうかと睥睨《へいげい》する様にも似ている。

それにつばを一つ飲み込むと、勇気を出して恐る恐るミモザは告げた。

「僕はあなたのファンではなく弟子なので、ファンサは不要です」

「ファンサ」

「ファンサービスの略です」

「いや、それはわかるが」

ふむ、とレオンハルト。

「そのように見えたか」

「はい。あの、無理に雑談も振っていただかなくとも大丈夫です。そのぅ……、これまでの様子から無口な方なのだと思って」

言っていて間違っているのではないかと不安になる。

「あの、すみません。僕の勘違いでしたら申し訳ありません」

「……いや、君は間違っていない」

ミルクティーを一息に飲み干して、遠くを見つめながらレオンハルトはそう告げた。

「君が察した通り、俺はあまり会話が得意なほうではない。普段はもう少し気をつけているのだが……、いけないいな、仕事や手合わせを通しての付き合いになるとつい失念してしまう」

「レオンハルト様は戦うのがお好きなのですね」

「うん？」

レオンハルトの気のない反応に、また間違ったかとひやりとする。

「……えっと、仕事や手合わせの時に失念してしまうということなので、戦うのがお好きだから、ついそちらに夢中になってしまって会話でのやり取りを失念してしまうという意味なのかと」

虚をつかれたような顔でこちらを見ていたレオンハルトは、しかしその言葉になにかを咀嚼するように空を見つめるとああ、と嘆息ともつかないような吐息をついた。

「そうだな、戦いは好きだ。それ一本で成り上がってきた。それしか取り柄のない男だからな、俺は」

「一つでも取り柄があるのはいいことです。僕には一つもないから、憧れます」

「……君は、俺の狂化の理由を尋ねないな」

「レオンハルト様も僕の狂化の理由をお尋ねになりません。気にならないといえば嘘になりますがそのようなお気遣いをしてくださる方に僕も不躾な真似はできません」

「いや、俺は単に興味がないだけだ」

レオンハルトからコップが渡される。それを受け取ってミモザは水筒の中をちらりと確認する。残りはあと三分の一ほどだ。

「俺は人への関心が薄いんだ。普段はこれでもうまく取り繕っているんだがな」

その言葉にミモザはちょっと首を傾げた。こんな見ず知らずの子どもに無償で稽古をつけている時点でかなりのお人好しのようにミモザには思えるが、しかし出会って間もないミモザには彼のその言葉を否定する材料などはない。結局ミモザは、

「そのようなお気遣いは僕には不要ですよ。弟子ですから。気遣うのは僕のほうです」

と当たり障りのないことを口にした。

じっと無言で見返してくるレオンハルトに、まだ言葉が足りなかったかと焦り、えーと、とミモザは言葉を探す。

「そう、その、最初に言ったみたいに僕はあなたが好きなので！　あなたが楽にしていてくれると僕も嬉しいです」

なんとも我ながら下手な説明だ。レオンハルトはミモザのその説明を咀嚼するようにしばしじっとミモザのことを見つめると、ややして、

「……君は変わっているな」

と首を傾げた。

ミモザはちょっと困った後に首を横に振った。

「いえ、普通です。普通誰でも好意を持っている相手にはくつろいでいて欲しいものですよ」

「……そうか」

レオンハルトは何かを噛み締めるようにすると、ふっと笑う。

（……なんだ？）

ミモザにはよくわからないが、彼は何かに納得したらしい。疑問には思ったがつっこむこともできず、結局そのまま二人は無言でミルクティーを飲み干した。

＊＊＊

それから修行後のお茶の時間はなんとなく常習化していった。別に何を言うでもなくレオンハルトは修行が終わると休むのにちょうど良さそうな木陰を探して座り込む。なのでミモザもなんとなく水筒を取り出してミルクティーをそそいで差し出した。お互いに大した会話をするわけでもないが、時々ぽつりぽつりと言葉を交わした。

そしてそれはミモザがレオンハルトのことを愛称で呼ぶことが許されるようになった頃に起こった。

「あ、」

「どうした?」

問いかけるレオンハルトにミモザは困った顔をする。

「ランチボックスを忘れてきました」

時刻はちょうどお昼時である。昼食の時間をまたぐことがあらかじめわかっていたため用意していたのに、その肝心のランチボックスを丸ごと家に置いてきてしまったのだ。

「仕方がないな。今日は適当にどこかで買うか、外食でもするか」

頭を掻きながらレオンハルトは提案する。以前の彼ならここは「なら帰るか」となりそうな流れだったが、習慣を変えたくない性質なのか、それともミモザとのお茶会もとい食事会にそれなりに意味を見出しているのか判断に悩むところだ。

「いいですよ、すぐに取ってきます。せっかく作ったのにもったいないですし、それに……」

「それに?」

ミモザは気まずそうに目をそらした。

「この村、田舎なので外食する店ないです」

悲しい事実だった。しかしレオンハルトは気に留めた風もなく「王都に行けばいいだろう」などと軽く言う。

「いや、遠いじゃないですか」

「レーヴェに乗っていけば一時間てところだな」

「え？」

思わず驚いてレーヴェを見る。彼は自慢げに胸をそらし、翼を広げてみせた。

「近くないですか？　確か半日ほどかかると思っていたのですが」

「それは街道を通った場合だな」

「……そんなに差がでるんですか？」

「まずこの村から主要な街道に出るまでに十時間ほどかかる」

「…………」

「そこから街道を四時間と言ったところか」

「……なんでそんなに街道まで遠いんですか」

「この村には何の特産品も需要もないからだな」

そのレオンハルトの返答にミモザはうっ、と言葉に詰まる。

「世知辛い話ですね」

結局それしか言葉を絞り出せなかった。

「まぁ、街道一本通すのに莫大な資金と人手がいるからな。必要のない村に通すのではなく、王都に有益な場所を経由するように道を作るのは当然だろう」

「世知辛い話ですねぇ」

そして無情だ。

どこの世界でも需要の少ない田舎は冷遇されがちらしい。

「まぁ、でも取ってきますよ。僕の家まで一時間かからないので」

立ち上がりかけたレオンハルトを制してミモザは「すぐ戻るので待っていてください」とお願いした。

母や姉とレオンハルトが鉢合わせると厄介だからである。


「はぁっはぁっはぁっ」

数分後、ミモザは息を切らして走っていた。手には先ほど家から持ってきたランチボックスを抱えている。そのせいでいつもよりも走る速度は落ちていた。

「おい、待てよ！　ミモザ!!」

背後から石が飛んできてミモザの頭に当たる。大した大きさではないが、勢いがあり普通に痛い。

バタバタと四人分の足音がずっと背後をついてきている。

「てめぇ！　ふざけんなよ！　逃げるな!!」

いきりたって怒鳴っているのは当然、アベルであった。

家にランチボックスを取りに行くところまでは良かった。母はまだ帰っていないのかミモザが用意した母親の分のサンドイッチはまだ冷蔵庫の中に残されていた。ミモザはその隣に置かれたランチボックスを持って外へと出た。

そして出会ってしまったのである。

下校途中のアベルとその取り巻き三人に。

（迂闊《うかつ》だった）

ミモザは唇を噛み締める。

ミモザは不登校になってから徹底的に姉やアベル達と生活サイクルをずらして生活している。学校の授業が始まる時間に起き出し、授業中に外出を済まし、下校以降は家の外には出ない。すべてはこの狭い村でアベル達にうっかり鉢合わせないためである。

しかし失念していたのだ。

もうすぐ秋休みだということを。

秋は実りの季節である。そしてこのような田舎の村では子どもも立派な労働力だ。そのため小麦や稲を植える時期と収穫の時期は学校が長期休みに入る。手伝いをするためだ。そして秋休みに入る前日は午前授業となる。

今日がその午前授業の日だった。

そしてミモザは追いかけられる羽目になったのだ。

ふいにミモザは髪の毛をわし掴まれた。

「……いっ！」

声をあげるが止まればどんな目に遭うかわからない。ぶちぶちと引き抜かれるのも顧《かえり》みずミモザは走り続ける。

「はぁっ、はぁ……っ」

また石が飛んできて足や背中、肩などに当たる。

「……あっ！」

ちょうど踏み出した足に投げられた石があたり、ミモザは転んでしまった。手に持っていたランチボックスが地面に転がる。

ミモザは地べたに座り込んだまま周囲を見渡した。お昼時のせいかみんな家にこもっているのか、それとも畑へと出かけてしまっているのか、人影がない。

（誰か……！）

叫びたくても声が出ない。恐怖のせいだ。ミモザは弱い。前回は完全に身構えており、やることをあらかじめ決めていたからなんとかなったが、ふいに訪れた恐怖にパニック状態に陥っていた。

「やっと捕まえたぞ」

びくりと身を震わせる。振り返るとアベルが怒りに目を燃やして立っている。

「てめぇ、この間はよくもやってくれたな！」

そのまま至近距離から手に持っていた石をミモザへ叩きつける。

「……っ！」

鋭く尖った石はミモザの目の上あたりへとあたり、皮膚を切って血が流れた。

「なんとか言えよ！　お前のせいで俺たちは全部めちゃくちゃだ！」

ミモザのせいではない。自業自得だと言いたいのに、ミモザの喉は震えた呼吸をか細く吐き出すばかりで声が出せない。

いままで筋肉を鍛え、レオンハルトにも修行をつけてもらい野良精霊と戦えるほどミモザは強くなった。強くなったつもりだったが、今はどうだろう。このていたらくだ。目の前にいない間は忘れているつもりでも、アベルの姿を見るだけでこれまでの数々の仕打ちがフラッシュバックのように蘇り、学校生活の数年間でミモザの中に植え付けられた恐怖がミモザの身体を動かなくしていた。そこからはもうリンチだった。四人に囲まれて石を延々と投げつけられる。

ミモザは頭を守ってうずくまることしかできない。

ミモザの前方に家があった。声をあげれば届きそうなのに届かない。誰か出てきてくれないかと願うがそんなに都合の良いことは起こらない。

いつだってそうだった。いままでずっと。

閉じられた教室の中で誰も助けてくれなかったように、今も誰も助けてくれない。

変わったつもりだったのに、ミモザは何も変わらずうずくまることしかできない。

（誰か……）

手を地面へと這わせる。何かに縋りつきたい。

(誰か来て……っ)

気づいて欲しい。ミモザの存在に。

涙で歪んだ視界に、転がるランチボックスがうつった。

守らなきゃ。漠然と思う。これを届けなければいけない。だってあの人が待っている。

ミモザを無価値ではないと初めて言ってくれた人が、お腹を空かせて待っている。

「レオン様……」

「え?」

異母兄の名前にアベルの手が思わずというように止まる。弾幕のように飛んできていた石が一瞬止まり、その隙にミモザは地面の石を掴んだ。

「な、なんだよ……」

そのまま手を振り上げたミモザに怯むようにアベルは後退る。

そのアベルを無視して背中を向けるとミモザは石を投げつけた。

前方に見える、家の窓へと向かって。

ガシャンッ、と派手な音と共にガラスが割れる。

「……なっ!」

「こらぁ! クソガキども! 何してくれやがる!!」

家主の男は窓の割れた音に家の奥から姿を現し、状況を見て取って怒鳴った。

そのまま男は鬼のような形相で子ども達を割れたガラス越しに睨めつけた。

突然の恐ろしい大人の登場にその場に緊張が走る。

「一体誰だ？　お前ら全員か？　あん？」

よりにもよってガラの悪い人の家だった。

しかし状況が変わったのは確かだ。ミモザは助けを求めようと家主の男に話しかけようとして、

「こいつだ‼」

「……え？」

アベルが指さしていた。ミモザのことを。

「こいつが割ったんだ！　俺たちは関係ない‼」

「……っ‼」

確かにガラスを割ったのはミモザだ。しかしそれはアベル達に追われていたからだという言い訳は、家主の男には関係ない話だろう。

（どうしよう……）

頭がまったく回らず汗が全身から噴き出す。ここで窓ガラスを割ったのがミモザだと素直に認めたらどうなるだろうか。男には怒られるがアベル達からは逃れられる？　しかしまた同じ目にあわないとはとても言えない。可能であればここでアベル達はもう一度咎《とが》められてほしい。バレなければいじめて構わないという成功体験を積み重ねさせるのは悪手だ。しかしどうしたらいいかがわからない。

ミモザには、一体どうしたらいいかがわからない。

「お前……」

ミモザはその声に身をすくめた。

家主の男は険しい顔でミモザのことを見つめ、その手を、

「待ちなさい」

ミモザに触れようとしたその手はすんでのところで鋭い声によって制止された。

「俺はすべてを見ていたぞ」

そう言って現れたのは、

「レオン様……」

レオンハルトだった。

「言うべきことがあるのではないか？」

風になびく波打つ藍色の長髪、金色に輝く左目。

長身の美丈夫が皆を睥睨《へいげい》するように腕組みをして堂々と告げた。

「兄貴!!」

アベルは思わぬ加勢に目を輝かせる。ミモザは反対に顔をうつむかせた。

すべてを見ていたぞ、とレオンハルトは言った。

ミモザが窓ガラスを割っているのを見たからそのように言ったのだろう。まして相手はレオンハルトの弟である。

（終わった……）

いかにミモザがレオンハルトの弟子とは言えど、せいぜい半年の付き合いである。レオンハルトが弟のことを可愛がりこの村を訪れているのは有名な話だった。

どちらの肩を持つかなど火を見るよりも明らかだ。

「なぁ、兄貴！　わかるだろ！　窓ガラスを割ったのはこいつだ！　俺は悪くねぇ！」

喜色満面でアベルは兄に近づきその腕に触ろうとして――、その手を振り払われた。

「……え？」

見上げたレオンハルトの顔は、険しい。

「嘘をつくな」

誰もが耳を疑うような言葉を、彼は重々しく告げた。

「俺はすべてを見ていたと言ったはずだ。過《あやま》ちは自身で認めなさい」

「あ、兄貴……？　見てたならわかるだろ？　俺は本当に……」

「嘘をつくなと言っているだろう！」

けして怒鳴っているわけではないのに怒鳴りつけられたような迫力をもって彼は告げる。

「お前達四人はその子を追いかけ回して石を投げつけていたな」

「……えっと」

予想外の展開にミモザはぽかんと間抜けに彼を見上げてしまう。

「その投げたうちの一つがこの窓ガラスに当たったんだ」

「ち、違う！」

「何が違う？」

ゆっくりとレオンハルトはミモザへと近づくと、ミモザの顔を見て眉をひそめた。その場に膝をつくとそっと割れ物にでも触るように手を伸ばし、その傷口へと触れる。

「……っ」

「痛むだろう。すまなかった。駆けつけるのが遅くなった」

そして今度は立ち上がると窓ガラスを割られた家主へと深々と頭を下げる。

「俺の愚弟が大変な失礼をいたしました。こちらの窓ガラスは弁償させていただきます。大変申し訳ありませんでした」

「あ、ああ……。まぁ、弁償してくれんなら俺はいいけどよ」

「後日修理にかかった金額を伝えてくだされば払いますので」

もう一度丁寧に「誠に申し訳ありませんでした」と深々と頭を下げる。

「違う！　なんで兄貴が頭を下げんだよ!!」

それに不満を唱えたのはアベルだ。しかしそんな弟のことをぎろりと睨むと「お前が頭を下げないからだろう」とレオンハルトは言った。

「お前もきちんと謝罪しなさい」

「違う！　俺は悪くない!!」

「ではきちんと説明しなさい」

アベルの喚き声はぴしゃりと跳ね除けられる。

「お前は確かにその子に石を投げつけて追いかけ回していた。俺は確かにそれを見た。それを間違いだというのならきちんと筋を通して説明しろ。できないだろう」

「た、確かに投げたよ、投げた！　でもそれはそいつに向かってであって、窓ガラスは割ってない！　割ったのはこいつなんだよ！」

アベルの主張にレオンハルトはため息をつく。

「なぜこの子が窓ガラスを割る必要があるんだ」

「……そ、それは」

「逃げていたその子が窓ガラスを割ったと考えるより、石を投げていたお前らが割ったと考えるほうが自然だ。そうだろう？　お前の言葉にはなんの説得力もない」

「……でもっ！　本当に、……本当なんだ。割ったのはこいつなんだ！」

「よしんば窓ガラスを割ったのがその子だったとして、この子によってたかって石を投げつけていたのは事実なのだろう？」

アベルが見上げた先には氷のように冷たい目をした兄がいた。

「……っ、お、俺は」

「軽蔑《けいべつ》されるには充分な行いだとは思わないのか？」

「なんだ？　正当な理由があるなら言ってみろ。一体どんな理由があったら女の子一人に四人でよってたかって石を投げつける正当性があるのか、俺には皆目見当がつかないが」

「……っ‼」

アベルは悔しそうに唇を噛みしめる。レオンハルトの言葉に反論できないのだろう。

しかし窓ガラスを割っていないという彼の主張は正しいのだ。このまま黙っていろという自分と、レオンハルトを欺《あざむ》くつもりなのかという自分。両者がせめぎあって、ミモザは「あ、あの」と重い口を開いた。

「あの、あの窓ガラス……」

しかし皆まで言うことは叶わなかった。即座にレオンハルトの手が伸び、周りに見えないようにミモザの傷を確認するふりをしながら口を塞がれたからだ。目を白黒させるミモザに、彼は全て了解しているというようににやりと笑った。

その表情に、何も言われていないのに黙っていろと言われたように感じてミモザは口をつぐんだ。

「ああ、本当にすまなかった。痛むだろう。弟に代わって謝罪する」

ミモザはその言葉に無言でこくこくと頷くのがせいいっぱいだ。レオンハルトはそれに苦笑すると地面に転がったままだったランチボックスを手にして土を払い、ミモザへと差し出した。

「本当にすまなかった。彼らは俺が責任を持って親のもとへと連れて行き反省させよう。君にも謝罪をさせる」

そしてミモザの耳元へと口を寄せると周りには聞こえないように「ヘマをしたな」とささやいた。

「窓を割る必要はなかった。君は逃げるだけで良かったんだ。俺以外目撃者がいなくて良かった。次からはもっとうまくやりなさい」

悪戯《いたずら》に成功した子どものように笑うレオンハルトに、ミモザは「お手数をおかけしました」と自分でもちょっとズレてるなと思う返答しかできなかった。

レオンハルトの目がおもしろそうに瞬いた。

＊＊＊

その後のレオンハルトの行動は迅速だった。すぐに四人とミモザを引き連れてそれぞれの家へと向かい事情を説明し、主犯が自らの弟であることをアベルの取り巻きの家族へと謝罪した。そしてまだミモザへの謝罪は行われておらず、反省の意思が低いことを伝え、よくよく指導してくれるように、と言い含めた。

それぞれのご家族は二度目だったこともあり、恐縮した様子でミモザに謝ってくれた。

そうして一人ずつ家へと帰していき、最後はアベルを残すのみとなった。ミモザとレオンハルトとアベルというなんとも微妙な組み合わせで家を訪《おとず》れる。

アベルの家とミモザの家はなんとお隣同士である。隣といっても田舎あるあるでものすごく遠く、畑と牧場を挟んだ上での隣である。まぁ、それでも隣は隣である。

ミモザの家は村の一番西端にある。その手前がアベルの家だ。さわやかな空色の屋根にクリーム色の壁。庭には家庭菜園と色とりどりの花が咲き誇る美しい家だ。庭の手入れがよくされているのが見ただけでわかる。

レオンハルトは終始渋っていたアベルの腕を掴んで引きずるようにしながら、その家の扉をノックした。

「はーい、どなた？」

凛とした明るい声がする。おそらく彼女はアベルが学校から帰るのを待っていたのだろう。エプロン姿で昼食の香りをただよわせながら玄関に出た。

明るい橙色の髪に理知的な青い瞳。髪を編み込んでお団子に結い上げた美しい女性だ。

その普段は明るい表情が、来客のただならぬ様子を見て曇る。

「レオンくんとミモザちゃん？　一体どうしたのかしら？」

「カーラさん、このような形になってしまって申し訳ない。大事な話があってきました」

そう丁寧な口調で告げると、レオンハルトはアベルのことを地面にひざまずかせるようにカーラの前へと投げ出した。

「アベル……？　あんた……」

「母さん、違うんだ、俺……っ」

「アベルがミモザくんのことを傷つけました」

その言葉にハッと彼女はレオンハルトのことを見上げ、ついでミモザの顔の傷を見て取ったのか表情を歪めた。

「友人三人とともに彼女を取り囲んで石を投げつけ、髪を引きちぎるという暴行を加えたようです」

「……なっ⁉」

「違う！」

思わず反射で叫んだのであろうアベルを、レオンハルトとカーラ、計三つの目が見下ろす。

「何が違うんだ、言ってみろ」

「お、俺は、別に！　暴行だなんて……、そんなつもりじゃ……」

その視線に怯《ひる》んだのかアベルはもごもごとそれより先の言葉は続けられず口《くち》ごもる。

レオンハルトの深いため息に、アベルは身を震わせた。

「じゃあどんなつもりだったと言うんだ。まさかその行為で彼女が喜ぶと思っていたわけでもあるまい」

「それは、だって……っ」

「だって、なんだ？　お前は明確な悪意を持って、彼女に危害を加えた。どんな言い訳を並べ立てたとて、その事実は揺るぎない」

アベルは顔を真っ赤に染め、耐えきれなかったように叫んだ。

「それはこいつが生意気……っ！」

「もうやめて……っ!!」

しかしそれは別の悲鳴じみた声にさえぎられた。見るとカーラは苦しむように頭を抱え、うつむいている。その目からはぽたりぽたりと涙がこぼれ落ちていた。

「もう、やめて……」

「母さん……」

「やっぱり血は争えないのかしら」

その目は失望感に満ち、遠くを見つめている。

「それを言われては俺の立つ瀬もありませんが」

苦笑しながら言われた言葉にカーラは弾かれたように顔を上げた。

「ごめんね、レオンくん。そんなつもりじゃ……」

「いえ、わかっていますよ。大丈夫です」

どうやら二人にしかわからない話があるらしい。カーラは気を取り直すようにアベルを見ると、その前に膝をつき目線を合わせた。

「アベル、ねぇ、アベル。なんでこんなことをするの。前回の時あんた反省したって言ってたじゃない。嘘だったの?」

「それは……」

「あんた母さんにも先生にもミモザちゃんにも嘘をついたの」

「嘘をついてるのはミモザだ。俺は窓ガラスは割ってない!」

「あんた、何言ってるの」

アベルの決死の叫びに、しかしカーラは目を見張った。

「誰が窓ガラスの話なんてしたの。ミモザちゃんに怪我をさせた話をしてるのよ」

「……っ」

アベルは唇を噛みしめる。カーラはそんな息子の様子に力無く首を振った。

「アベル、わたしはね、もしあんたがミモザちゃんと同じ目に遭わされたらそれをした相手が憎いわ。死んでしまえばいいとさえ思うかもしれない」

「……っ⁉」

「あんたのしたことはそういう行為よ。そういう最低なことなの。わからないの？」

カーラはアベルの肩を掴む。その瞳には焦燥があった。

「ねぇ、わからないの？　アベル」

「……母さん」

「わたしはもう、あんたがわからないわ。一生懸命育ててきたつもりだった。愛情を持って、真っ直ぐ生きてくれたらと。でももうわからないのアベル。どうしたらいいのかがわからない。あんた、一体どうしたらまともになってくれるの？」

「か、母さん！」

「カーラさん」

そっと、レオンハルトはカーラの背中を慰《なぐさ》めるようにさすった。そして残酷に言い放つ。

「アベルはおそらく病気です」

「お、俺！　病気なんかじゃ……」

「普通の健全な人間は理由もなく暴力を振るったりなどしない。それは明らかに異常な行為だよ、アベル。風邪を引いたら医者にかかるように、今回の件も専門家を頼るべきだと俺は思います。カウンセリングを受けさせましょう。更生のために。いい先生を探します」

「……レオンくん」

不安げに見上げるカーラに、レオンハルトは力強く頷いてみせた。

「アベル自身の将来もですが、これ以上被害者を出さないことを第一に考えるべきでしょう」

「……それは、入院させるってことかしら？」

アベルは息を呑む。しかしレオンハルトは首を横に振った。

「それは最終手段です。まずは通院でいいでしょう。それでどうしようもないなら入院させるしかありませんが。学校側に協力を仰いで、アベルが暴力的な衝動を抑えられるかどうかなど見張ってもらいましょう。こう言ったことはちゃんと環境を整えて徹底的にやらないといけない」

そこまで言うと彼はアベルへと向き直った。

「アベル。お前もいいね。お前に治療の意思がなければどうにもならん。苦しいとは思うが俺も協力を惜しむつもりはない」

「俺、病気じゃないよ……」

アベルは途方にくれたように言った。自分の意思に反して進んでいく話についていけないのだ。

しかしレオンハルトはその言葉を言い逃れと捉えたのか追撃の手を緩めなかった。

「ではお前は正常な状態にもかかわらずなんの罪悪感もなしに暴力を振るったということになる。そちらの方がよほど悪い。そうなのか？　アベル。お前は生まれつき暴力的な行為が好きな人間なのか？」

問われてアベルは力無く首を横に振った。もう何も言えない様子だった。それに対してレオンハルトはやっと態度を軟化させ優しく微笑むと、なぐさめるように肩を叩く。

「まずは自分が異常な行動を取っていること、それを自覚するところから始めよう。大丈夫。必ず良くなる。そうすれば心の底から申し訳ないことをしたとちゃんと反省し、謝罪することができるようになるだろう」

アベルは操られた人形のように無気力に首を縦に振った。レオンハルトもそれに同意するようにしっかりと頷き返す。

「頑張っていこうな」

そして立ち上がるとミモザの隣へと移動し「じゃあカーラさん。俺はミモザくんを家に送ってご家族に謝罪をしてきますので」と告げた。

それにカーラは焦ったようにエプロンを外しながら「わたしとアベルも一緒に……」と身を乗り出す。

しかしその言葉をレオンハルトは手で制し、首を横に振ることで断った。

「今のアベルの様子では謝罪などしても上べだけになってしまうでしょう。それでは先方にかえって失礼だ。まずは俺一人で謝罪に伺います。カーラさんはアベルのことをよろしくお願いします」

「……ごめんね、迷惑をかけちゃって」

「なにを言うんです。家族でしょう。俺はそのつもりでしたが違いましたか？」

カーラはその言葉を噛みしめるようにうつむくと、首を横に振った。

「いいえ、違わないわ、ありがとう」

そしてミモザへと向き合う。その瞳にはもういつもの理知的な光が戻ってきていた。

「ミモザちゃん、本当にごめんなさい。きちんとアベルのことは更生させます。あなたにも近づかせないようにするからね。本当にごめんなさい」

あまりにとんとん拍子に進む急転直下の状況に、ほぼ空気と化して流れを見ていただけだったミモザは首をぶんぶんと横に振ることしかできなかった。


アベルの家を出た後、二人はトボトボと畑に囲まれた道を歩いた。まぁ、トボトボしているのはミモザだけでレオンハルトは相変わらずの堂々たる足取りだ。

ミモザはちらり、と無言で隣を歩く師を見上げた。

「あのぅ、もしかしてなんですが」

「うん？」

ミモザの言葉を聞くように、レオンハルトは向き合う形で足を止めた。ミモザも立ち止まる。

「アベルのこと、嫌いですか？」

その疑問に彼はにっと犬歯をみせて意地悪く笑う。それはイタズラが見つかった子どものような笑みだった。

「わかるか？」

「えっと、まぁ、そうかなって」

「嫌いだよ、あんな奴」

そう吐き捨てるように言った後、ふと思い直したように彼は「ああ」と吐息を漏らした。

「しかしそんなにわかりやすかったか、気をつけないといけないな」

「いえ、そこまであからさまではありませんでしたので。でもまぁ、楽しそうだなぁと」

「ふっふ、いやすまない。君にとっては災難だったとは思うのだが……」

そこでどうにもこらえきれないというようにレオンハルトは笑みをこぼす。それを隠すように手で口元を覆った。

「嫌いな奴を正論で追い詰めるというのは愉快でつい、な。バレないように自重しなくては」

「……あなたにとって幸いであったなら僕も嫌な目にあったかいがあります」

「ここは不謹慎だと責める場面じゃないか？」

不思議そうに首を傾げるレオンハルトにつられるように、ミモザも「うーん」と首を傾げた。

二人は鏡写しのように向き合って同じ方向へ首を傾げる。

「僕一人だったら嫌な目にあったっていうだけの話でマイナスで終わっちゃうんですが、あなたが喜んでくださるなら補填《ほてん》されてプラスの出来事になるじゃないですか。意味もなく嫌な目にあったわけじゃないと思えるので」

「ネガティブなのかポジティブなのかわからない理屈だな」

まぁ、君らしいか、とレオンハルトは微笑む。

「まぁ、君がそう言ってくれると俺も遠慮なく面白がれるというものだ」

「悪い人ですね」

「言っただろう」

　首を傾げるのをやめてレオンハルトは笑った。

「俺は不公平な人間なんだ」

　それは悪党にふさわしい凄みのある笑みだ。

「贔屓《ひいき》するべきは僕じゃなく家族なんじゃないでしょうか？」

　しかしミモザは首を傾げたままだ。ミモザのその疑問に、レオンハルトは笑みを深めた。

「ふふふ、不思議か」

「二人は仲が良いのだと思ってました」

「まさか。あの能天気で恵まれた弟が疎ましくてたまらないさ。格好悪いから言わないだけだ」

　そうだなぁ、とレオンハルトは周囲を見渡す。辺りに人影はなく、あるのは畑と用水路だけだ。

「食べ損ねた昼食でもどこかでとるか」

「よろしいのですか？　誰かに見られたら……」

　ミモザとレオンハルトがぐるだとバレてしまうのではないか、そんな不安がよぎる。しかし彼はそんなミモザの懸念を一笑に付《ふ》した。

「いじめられて落ち込んでいる子どもを慰めるだけさ」

「なるほど」

　それなら、とミモザは頷いた。

二人並んで適当な木陰に座り、畑を眺めながらサンドイッチを食べる。用意したコップには水筒からいつものミルクティーをそそいでいた。

「俺の父親はどうしようもないろくでなしの呑んだくれでな、精霊騎士としては優秀だったようだが酒で問題を起こして軍をクビになってからは更に荒れた。母親は娼婦でこっちも酒癖の悪いかんしゃく持ちでね。幼い頃は二人によってたかって殴られたものだよ」

遠い記憶を思い起こすようにゆっくりとレオンハルトは語った。その口調は内容とは裏腹に随分とのんびりとしており欠片も悲壮感はない。

「ああ、同情は不要だ。母親は俺が幼い頃にあっさり死んだし、父親も俺の身体がでかくなって敵わなくなると大人しいものだったよ。それに俺は元から両親のことを好きではなかったし、なんの期待もしていなかった。まぁ可愛げのない子どもだったんだな」

この傷も父親がやったものだ。と右目の火傷跡を見せる。

「幼い頃に……、なんだったかな。火鉢の炭だったかなんだかを押し付けられたんだ」

ああ、火鉢ってわかるか、中に焼いた炭を入れる暖房器具なんだが、とジェスチャーをし始めるのに、「知ってます」とミモザは頷いた。

「見たことはありませんが、知識としては」

「そうか、正直今では廃れて使ってるのなんて魔導石もろくに買えないような貧乏人だけだろう」

「そうなんですか」

ミルクティーに視線を落としながらミモザが相槌を打つのに、レオンハルトは苦笑して頭を掻く。

「まぁ、可愛くない子どもはないがしろにされて当然だ」

誤魔化すように言われた言葉にミモザは顔をしかめた。

「……当然じゃないですよ」

全然当然ではない。

「おかしいです」

「……そうか」

レオンハルトは否定せず、何故かミモザを慰めるように頭を撫でた。慰められるべきはレオンハルトだというのに変な話だ。

「もしまたそのようなことがあれば、今度は僕が守ります」

「すまないが、俺はもう自分自身で身を守れるし君よりもずっと強い」

そう言いつつもレオンハルトの口元は嬉しげに緩んでいる。ミモザはつまらなそうに口を尖らせた。

「アベルの母親のカーラさんと再婚した頃は一番穏やかだった。たった四年しか持たなかったがね。彼女は賢明な女性だった。親父の『病気』が再燃するとすぐさま切り捨てた。……一応俺のこともアベルとともに引き取るつもりだったようだ。しかしそれは親父が拒《こば》んだ。別に俺に愛情があったわけじゃない。カーラさんに嫌がらせがしたかったのさ」

そこで彼はミルクティーで口を湿らせた。普段こんなに長く話すことのない人だ。どうやら話しづらいらしい。先ほどからあまり視線が合わない。

「二人で王都へ行ってからの日々は最悪だったよ。しかしまぁ、王都にいたおかげで道が開けたとは言えるだろうか。俺は生まれつきガタイが良くて強かった。しばらくの間は精霊使いとして小銭を稼いで暮らしたよ。王都では需要に事欠かなかったからな。その関連で人に精霊騎士を目指してはどうかと言われてこうなったのさ」

『精霊使い』というのは、騎士の資格は持たないが精霊で戦うことを生業《なりわい》としている人達のことだ。騎士になるには色々と条件があるため、あえて騎士にならずに精霊使いとして働く人も多い。むしろん資格職なぶん、精霊騎士のほうが収入は安定していることが多いのだが。

最初弟のアベルとカーラに会いに行ったのは安心させるためだったのだ、と彼は言った。

「彼女は俺のことも実の息子のように可愛がってくれていた。だから俺が無事であるということと、数年とはいえ穏やかに暮らさせてもらったことの恩返しもできたらと思っていたんだ。金は受け取ってもらえなかったがね」

苦笑する。伏せられた金色の瞳を憧れるように細め「彼女は理想の母親だった」とささやいた。

「弟のことも可愛がるつもりでいたさ。だが俺がくだらない親父の相手をしている間も、貧困にあえいでいる間も、あの弟は彼女のもとでぬくぬくと育っていたのだと思うと可愛がる気になれなくてな。この田舎の村で俺のことを笠にきて自慢するのを見ていると、ますます萎えてしまった。まぁ、あいつは別に悪くないさ。ただ逆の立場だったらと思う事が時々ある。要するに、ただのみっともない嫉妬さ」

「そうですか。……なら僕と同じですね」

ミモザの言葉に、やっと彼はミモザのほうを向いた。ミモザはそれを見つめ返す。

「僕には出来のいい姉がいて、彼女は僕の欲しいものを全部持ってるんです。だから僕はそれが羨ましくて……」

体育座りをしている膝に、こてん、と頭を預けてミモザは無邪気に笑った。

「僕たち、おそろいですね」

「……嫌なおそろいだな」

苦虫を噛み潰したような顔をしてみせて、しかしすぐにレオンハルトは口元に淡い笑みを浮かべた。

「初めて人に話した」

「僕もです」

「内緒だぞ。格好が悪いからな」

「はい」

「君の話も内緒にしておいてあげよう」

「まるで共犯者みたいですね」

「まるでじゃないさ」

ミモザが見つめる先で、彼は金色の目をにやりと歪めて悪いことをそそのかすような甘い声を出す。

「俺と君は共犯者だよ、間違いなく。だって一緒にアベルのことを陥《おとしい》れただろう」

人差し指を一本立てて見せると、それをミモザの唇へと押し当てた。

「内緒だ」

しー、と吐息を吐き出す彼に、ミモザも同意するようにしー、と息を吐き出した。

二人は身を寄せ合って笑った。

ふっ、と笑みの余韻を引きずった息を吐いた後、レオンハルトは「打ち合わせをしよう」と提案する。

「打ち合わせ」

それにミモザはついていけず、思わず言葉を復唱した。そんなミモザの様子に彼はまた小さく笑うと、

「君の母親にとって俺は憎いいじめっ子の義兄、つまりは敵だ」

と説明を付け加えた。

「なるほど」

今度はミモザも頷く。

つまり話がスムーズに進むように作戦を練ろうということだ。ミモザとしてもレオンハルトが責を負うのは本意ではない。

「まずはレオン様が敵ではないということを説明するところからですね」

「そうだな。あともう一つ、実は提案があってね。そっちの方も一緒に許可を得たい」

「提案？」

首を傾げるミモザのことを真っ直ぐに見下ろして、レオンハルトは尋ねた。

「君、王都に来ないか?」

ミモザはぱかん、と口を開けた。

＊＊＊

「この度は、誠に申し訳ありませんでした」

レオンハルトは深々と頭を下げた。ミレイはそれを険しい顔で見下ろしている。

場所は家の玄関だった。突然の訪問に驚いたミレイは、すぐにミモザの顔の傷に気づいて顔をしかめた。そしてレオンハルトの説明を聞くにつれどんどんとその表情は固くなり、それはレオンハルトの謝罪を聞いてもやわらぐことはない。

英雄の登場に最初は喜んで近づいて来ようとしたステラも、事情が事情だけにミレイに下がっていろと言われて家の中で大人しくしている。しかし好奇心が抑えられないのか少し離れた位置からこちらをちらりちらりと覗いて聞き耳を立てているようだった。

「レオンハルトさん」

ミレイは重い口を開く。

「アベルくんは直接謝罪には来ないんですか?」

「もっともな疑問です。しかし今アベルは謝罪に来れる状態ではありませんので代わりに俺が
……」

「どういうことです?」

「反省していません」

そのあっさりと告げられた言葉に息を呑むと、ミレイは一層表情を厳しくした。

「それはどういうことですか!」

「ま、ママ!」

慌ててミモザは仲裁に入る。

「レオン様は悪くないよ。そんなに責めないで。僕のことをアベル達から助けてくれたんだよ」

ミモザの言葉にミレイの肩からほんの少しだが力が抜けた。それを見てミモザは畳みかける。

「元々レオン様は僕と時々遊んでくれてて、勉強とかも教えてもらってたんだ。このリボンをくれたのもレオン様」

ミモザは首に結んだリボンを示す。ミレイが驚きに目を見張るのに、レオンハルトは「申し訳ありません」と再度頭を下げた。

「お嬢さんと勝手に関わりをもってしまって……、本当ならきちんとご挨拶に伺うべきだったのですが」

「レオン様は忙しいから、ママとタイミングが合わなくて」

「……どうして教えてくれなかったの?」

「信じてくれないと思って」

何せ相手は英雄だ。その言葉には信憑性があったのかミレイは納得したようだった。

「アベルは結局謝ってくれなかったの。それをカーラさんとレオン様は重く見て、今のままうちに連れてきても上べだけの謝罪になっちゃうからって。ちゃんと反省させてから謝罪させるって言ってくれたんだよ」

「そんなこと……、一体どうやって……」

「カウンセリングを考えています」

レオンハルトは下げていた頭を上げて静かに告げた。

「アベルの暴力行為は素人でどうこうできるものではないと考えています。なので然るべき機関に相談をして対応しようかと。とりあえずは通院させる予定ですが、それでも治らないようなら入院させます」

入院と聞いて、ミレイも少し怯む。しばし黙って考え込んだ後「信じていいですか」と問いかけた。

「信じていいですか。私たちは一度裏切られました。もう一度同じようなことは起こらないと信じていいですか」

「約束します」

レオンハルトはしっかりと頷く。金色の瞳には誠実そうな光が瞬いていた。

「二度とこのようなことが起きないようにきちんと手を打ちますし、もし万が一があればすぐに入院させます。その件で一つご相談があるのですが」

「相談？」

「本当は、このような形で切り出すつもりはなかったのですが……」

そこで彼は少し言いづらそうに逡巡し、そして何かを決心したかのように口を開いた。

「ミモザくんのことを、俺に預からせてもらえませんか」

「え？」

「彼女を俺の弟子として、秋休みの間王都で預かりたいのです」

「……どうして」

彼はミレイの当然の疑問に同意するように一つ頷く。

「理由はいくつかあります。一つは今回の件。アベルのカウンセリングが進むまで、そしてミモザくんの気持ちが落ち着くまで、決して顔を合わせることがないようにしたいのです」

「それなら、」

言わなくてもわかっている、というようにレオンハルトは手のひらを突き出し言葉を制する。

「弟のアベルを王都に、と思われるかも知れませんが、アベルに反省を促すためには母であるカーラさんと共に居させた方が良いと思うのです。カーラさんはアベルに言いました。もしもミモザくんと同じ目にアベルが合わせられたらその相手のことを憎むと。アベルはその言葉を聞いて多少、自分の行いの非道さを認識した様子でした」

その言葉にミレイはハッとしたような表情をした後考え込む。ミレイもカーラの人柄は知っているのだ。前回のいじめ騒動の時もとても誠実に対応してくれたことも。

「そして二つ目は、単純にミモザくんには精霊騎士としての才能があるからです。このまま不登校のせいで実践の指導が受けられないというのは彼女にとって損失です。しかし学校に行くのは辛いでしょう。俺の下でならアベルと会うことなく、実践的な訓練ができます」

「……。ミモザ、あなたはどうしたいの？」

「できればレオン様のところで修行したい」

葛藤するような母の言葉に、しかしミモザは縋り付くようにそう訴えた。

その娘のいつにない強い主張にミレイは息を呑む。苦しげに目を伏せ、「……わかりました」とか細く告げた。

はっとミモザは顔をあげる。その期待のこもった眼差しにミレイはため息をついた。

「ただし、手紙を書くように。秋休みが終わったらうちに帰してください」

「ありがとうございます」

レオンハルトは深々と頭を下げ、

「ありがとう！　ママ！」

ミモザは手を合わせて喜んだ。


「難しいお話は終わったの？」

三人のやり取りがひと段落したその時、その鈴の音を転がすような声は突然降ってきた。

母がその声の主を振り返る。

「ステラ」

「ごめんなさい。わたしも少しだけお話したいことがあって……」

申し訳なさそうに恐縮して、けれど姿勢良く落ち着いたそぶりでその少女は微笑んだ。

長いハニーブロンドが彼女の動きに合わせて優雅になびき、美しい晴れた空のような青い瞳を潤ませて微笑んだ。白いブラウスのワンピースが揺れる。

「妹を、ミモザを助けてくださってありがとうございます」

ぴょこん、と可愛らしくお辞儀をする。

「ああ、当然のことをしたまでだ。礼を言われるようなことではないよ」

気を削がれたような表情でレオンハルトは応じる。それにステラは気づいていないのか会話を続けた。

「いいえ、おかげで妹は大きな怪我をせずに済みました。ありがとうございます」

(怪我、してるんだけどなぁ……)

ミモザはぽりぽりともうすでに血が固まりかけている傷口を掻く。まぁ、大きくないと言えば大きくはない。しかし自分で言うならまだしも、人に言われるともやもやとしてしまう。

この姉に言われると特に、である。

傷一つなく美しいステラを見つめ、擦り傷と泥にまみれ髪もちりぢりになってしまったミモザは微妙な顔をした。

「怪我をする前に助けられなかったことをここは責める場面だよ。ええと……」

言い淀むレオンハルトに、

「ステラ、と申します」

にこりと微笑んで彼女は言う。

「では、ステラくん。俺はレオンハルト・ガードナーと言う。こちらはレーヴェ」

紹介に合わせてレーヴェは黄金の毛並みを揺らして一声鳴いた。

レオンハルトが差し出した手を握り二人は握手を交わす。

「あ、わたしの守護精霊はティアラというんです。猫科で翼があるなんて、わたし達おそろいですね」

そう、何故かはわからないが、ステラとレオンハルトの守護精霊は非常に似た造形をしているのであった。

レオンハルトは翼の生えた黄金の獅子なのに対してステラは翼の生えた銀色の猫である。

ティアラは紹介されたことが嬉しいのかなーん、と鳴いた。

(制作スタッフが猫好きだったのだろうか)

なんにせよ、ネズミであるチロにとってはどちらも天敵に違いない。

「そうか」

ステラの台詞にレオンハルトは微笑ましげにふっ、と笑った。ステラの頬が桃色に染まる。その顔はまるで恋する乙女だ。

それをミモザはげんなりとした表情で眺めた。

(ゲームにそんな描写あったっけ?)

いや確かなかった。はずだ。ステラがレオンハルトに恋しているなどと。まぁ思い出せないことの多いミモザの記憶などそこまで頼りにはならないのだが。

「それでは俺はそろそろ」

握っていた手を離し、レオンは言うと身を翻《ひるがえ》そうとした。

「……っ、あの！」

その時、意を決したようにステラが声を上げた。その横顔は何かを決意したかのように凛として美しかった。

「なんだい？」

「わたしにも！　修行をつけていただけないでしょうか！」

（げ）

あまりにも恐ろしい展開にミモザは青ざめる。

時間だけがミモザのアドバンテージなのだ。それがほぼ同時に、しかも同じ師匠から教えを受けるなど才能にあふれるステラに対してミモザの敵う要素がなくなってしまう。

しかしそんな事情はレオンハルトには知ったことではないだろう。彼がその申し出を受けることを止める権利はミモザにはない。

（どうしよう……）

うろうろと彷徨《さまよ》わせた視線は自然と自分の肩に腰掛けるチロへと着地した。

「チチ」

その視線を受けるとチロは立ち上がり任せておけとばかりにサムズアップする。そのままおもむろに自分の背中から一際鋭い針を引き抜くと『暗殺の準備は万端だぜ!』と頷いてみせた。

「…………」

ミモザは無言でそっとチロのことを両手でつつみポケットへとしまうと、そのまま見なかったことにした。

一方肝心のレオンハルトはというと決意みなぎるステラを見て、ふむ、と頷くと「では、これを君にあげよう」と一枚の紙に何事かをさらさらと書き込んで渡した。

それを不思議そうに受け取るとその中身を見てステラの表情が曇る。

ミモザにはその紙の中身が手に取るようにわかった。

筋トレのメニューだ。

ミモザにも渡されたそれがステラにも渡されたのだ。

ステラはその紙の内容とレオンハルトを困惑したように交互に見ると「あのー」と口を開いた。

「わたしは精霊騎士としての修行をつけていただきたいのですが」

「もちろんだとも。精霊騎士には体力も重要だ。申し訳ないが俺はそれなりに忙しい立場でね。だから常に付きっきりで見てあげるということは難しい。ある程度の自主トレーニングをこなしてもらう必要がある。そのメニューを毎日継続して行うといい。きっと君の力になるだろう」

その言葉にステラの表情はさらに曇った。

瞳にはわずかに失望の影がある。

「わたしでは、レオンハルト様に直接ご指導いただくには値《あたい》しないということでしょうか」

しゅんと肩を落とす姿はいかにも儚げで人の罪悪感を煽る風情があった。

レオンハルトはその様子にわずかに拍子抜けをするような顔を見せたがそれは一瞬のことで、瞬きをした次の瞬間にはそれはいかにも誠実そうな真面目な表情へと切り替わっていた。

「そういうことではない。なんと言えば誤解がなく伝わるかな。君自身の価値がどうこうではなく物理的に難しいと言っているんだよ」

「……すみませんでした。おこがましいお願いをしてしまって。ご迷惑をおかけするわけにもいきませんから、わたしは大人しく身を引きます」

そう言うとステラは深々と丁寧に頭を下げる。

そのしおらしい姿にこれは「いやいやそうじゃないんだ。君は何も悪くはない」と慰める場面だな、とミモザは白けた顔で眺めた。

姉はこういうのが本当にうまい。天然なのか計算なのかは知らないが、相手の同情や気遣いを引き出して自分の都合の良いように物事を進めようとするのだ。

ポケットの中で殺させろといわんばかりに暴れ回るチロのことを抑えながら、つまらなそうに目を伏せたミモザに、

「そうかい。なら残念だが俺が君にできることはないようだ」

ばっさりと切り捨てるレオンハルトの声が響いた。

思わず間抜けに口をぽかんと開けてレオンハルトの方を見る。

ステラも予想外だったのか呆気に取られたような表情で彼を見つめていた。

それににっこりと爽やかな笑みをレオンハルトは返す。

その笑顔は一点の曇りもなく美しく、まるで自分には一切の悪意も他意もありませんといわんばかりだ。

「君には君の進むべき道があるのだろう。いつか俺のもとまで自力で辿り着くことを期待している」

応援しているよ、といかにも善意百パーセントの様子でステラの肩を力強く叩いてみせた。

(うわぁ)

役者が違う。

ミモザは舌を巻く。

ステラのそれは無意識かもしれないが、レオンハルトは明らかに意識的に無害を装って自身に都合の良い方向へと話を強引に軌道修正してしまった。

たぶんステラの相手をするのが面倒くさくなったのだろう。

そのまますぐに母のほうへと体ごと視線を向けると「では、先ほどのお話の通りに、ミモザくんのことはこれからは師として時々預からせてもらいますので」と話を戻した。

「本当に弟が申し訳ありませんでした」

「そんな、いいのよ。レオンハルトさんのせいではないのだから。最初は強く責めるように言ってしまってごめんなさいね」

「いいえ、また何かうちの弟やその他の子が問題を起こすようでしたらすぐに俺に連絡をください。

しっかり対応をさせていただきますので」

そう言ってきっちりと丁寧にお辞儀をしてみせる。母もお辞儀を返しつつどうか頭を上げてください。こちらのほうこそミモザをお願いします、と告げて話を締めくくった。

結局ステラは驚いた表情のままレオンハルトが立ち去るまで再び口を開くことはなかった。

第五章　王都で一番有名なお屋敷

レオンハルト・ガードナーは英雄である。

それはガードナー家の使用人であり侍女頭であるマーサも認めるところだ。

「ねぇねぇ見た？」

「何を？」

「何をってあなた！　この間の練習試合よ！」

出先の店先で若い娘達がきゃあきゃあと黄色い声ではしゃいでいる。

「レオンハルト様のご勇姿！　格好良かったー！」

「いいなぁ、わたし抽選が外れちゃって訓練場に入れなかったのよ」

「試合見学の市民への開放は教皇聖下のご提案でしょ？　本当に良かったとは思うけど抽選式なのが玉に瑕よね」

「仕方ないわよ！　すごい人気だもの！」

彼女達はうっとりと目を細めた。

「レオンハルト様の格好いいこと」

「強いのにお優しくて」

「爵位を賜って偉くなられたのに気取ってなくて」

「うちの亭主と交換したいくらい」

きゃー、と歓声があがる。

「あなたそれはちょっと図々しいわよー」

「いいじゃない！　ちょっとした願望よ！」

「まぁでも想像しちゃうわよね、平民出身だからワンチャンあるかもって」

ほう、と恋する瞳でため息をつく。

「そういえば新しい姿絵が出てたのよ」

「やだ！　早く言ってよ、買わなきゃ！」

「あなた新婚でしょ？　そういうの旦那さんは許してくれるの？」

その質問を問われた女性は気取った様子で髪の毛をふぁさっ、と手で流した。

「絵付きのお皿を買うのは止められたわ！」

「あー……」

「それはねー……」

「高いし嵩張るからダメだって！　あの紙とは違う高級感がいいのに!!」

「せめて目に焼き付けときましょうよ」

そう言って一人が店の一番目立つ位置にでかでかと飾られた平皿を指差す。皿には華美な装飾が施されており、その中央には剣を抜いたレオンハルトの絵がでん、と描かれていた。じつに実用性が無さそうな皿である。

「…………」

マーサは四十肩ぎみの肩をとんとんと叩きながらその光景を白けた目で見る。マーサの守護精霊の小鳥もしらっとした目で見ていた。

「あいよ、マーサさん！　おまちどう！」

マーサが用のあった青果店の店主がやっとお目当ての果物を手に戻ってきた。店先に在庫がないからと取りに行ってくれていたのだ。彼はマーサの視線の先を追って「ああ」と納得したように頷いた。

「すごい人気だよなぁ、あの店の前はいつも若い娘さんでいっぱいだよ」

「恋は盲目とは言うけどねぇ、夢見すぎじゃないかしら」

「何を言うんだい、実際夢の中から出てきたようなお人じゃないか。実は俺、いつだったか仕入れに出かけた先で助けてもらったことがあるんだよ。野良精霊に襲われてよ。いやぁ、評判通りのいい男だったよ」

「……そうかい」

マーサは果物を受け取って、心中だけでつぶやく。

（実際近くにいるとかなり無愛想な人だけどねぇ）

やれやれとため息をつくとマーサは重い足取りで屋敷へと歩き始めた。

マーサの勤める屋敷の主人であるレオンハルト・ガードナーという男は裏表の激しい人物である。表向きは非常ににこやかで紳士的な好青年だ。しかし身内だけの場や屋敷の中になると、とたんに寡黙でぶっきらぼうでとにかく重苦しい空気をただよわせた暗い人物に変貌するのであった。どちらが素なのかなど確認する必要性も感じない。

「ああ、マーサ。旦那様がお呼びだったよ」

重い荷物を抱えて帰ってそうそうに、同僚の男はそう告げた。醜いあばた面のその男は名前をジェイドという。

小さい身長にずんぐりむっくりとした体格、瞼の重い目にぶつぶつとできものの浮き出る浅黒い肌。どこからどうみてもゲコゲコと鳴くあれにそっくりの男だ。ジェイドという名前の由来なのだろう瞳の緑色だけが美しいが、その美しさがかえって目玉を強調してぎょろっとした印象を与えている。その首には瞳の色と同じ緑色の蛇の守護精霊がとぐろを巻いていた。

見た目同様の陰気な男で、使用人達の集まりにも全く参加しないことで有名だ。しかし彼は主人からの信頼をもっとも得ており、執事長としてこの屋敷を取り仕切っていた。

「一体なんの用だかねぇ」

ジェイドに向かって話しかけたつもりだったが、彼は気がつかなかったのか無視したのかそのまま無言で立ち去ってしまう。

マーサはため息をつくと荷物を置いて主人の部屋へと足を向けた。

深い赤色の絨毯《じゅうたん》のひかれた廊下を歩く。屋敷の中はどこも綺麗に掃除をして換気もされているはずなのに、主人の気質にでも倣っているかのように重苦しい印象を受ける。

必要最低限の用事以外の来客のない屋敷である。もう少し人の出入りがあれば明るい雰囲気を取り込めるような気もするのに、あの人嫌いの主人にそのような進言のできる関係性の使用人などはいない。

大きく重厚なドアをノックする。物理よりも心理的な重みのあるドアの向こうから入室を許可する声が響いた。

「失礼いたします」

なるべく音を立てずに部屋の中に滑り込むと、屋敷の主は執務机に腰を掛け、いつも通りの仏頂面で書類を睨んでいた。

「マーサ、弟子をここに招くことになった。部屋を準備してくれ。位置は……、そうだな、俺の私室の近くにしてくれ」

目も合わせず淡々と用件だけを告げる。

(弟子……？)

そんなものがいたのか、とは勿論口に出さないし出せない。

「性別はどちらでしょう？　何か特別に用意するものなどはありますか？」

「性別は女だ。年齢は十二。普通に寝泊まりできるように整えてくれればいい」

「承知いたしました」

頭を下げながら「女かー」とマーサは内心で嘆いた。この主人に若い娘は鬼門だ。一体何度若い娘がこの屋敷に期待に胸を膨らませて訪れ、期待を裏切られて去っていったことか。今残っている使用人は年嵩《としかさ》の者か、はなからそういった興味がない者だけだ。

（まぁ、この人自身が見つけてきたのなら大丈夫か）

半ば自分に言い聞かせつつ、厄介なことになりませんように、とマーサは祈った。

＊＊＊

かくして、その少女は主人自ら送迎を行うという好待遇で屋敷に足を踏み入れた。

「……っ！」

その姿にマーサは息を呑んだ。マーサだけではない。主人の弟子の姿を一目拝もうと並んで出迎えた使用人達みんなが目を見張った。

主人のレオンハルトは美しい男だ。それはマーサも認める。そんな主人と並んでもなんら見劣りしないどころか、それ以上に可憐で美しい現実離れした少女がその隣には立っていた。

美しい飴細工のようなハニーブロンドの髪に、海の底を思わせる青い瞳は何かを憂うように伏せられ、長いまつ毛がそれを扇状に繊細に覆っていた。肌は雪のように白く透き通って唇はふっくらと桜色に色づいている。まるで職人が丹精込めて作った陶器の人形のように繊細で作り物めいた美しい少女だった。

少年のような地味で露出の少ない服装だけがその容姿を裏切っている。

「弟子のミモザだ」

「よろしくお願いいたします」

主人の簡潔な紹介に続いて粛々と、鈴を転がしたような可愛らしい声で彼女は告げた。その顔はなんの感情も表さず、やはり作り物めいている。

「ミモザ、ここにいるのでこの屋敷の使用人はすべてだ。滞在中何か困ったことがあれば、俺がいない場合はこいつらに聞け」

「わかりました」

そのやりとりは淡々としていてマーサが危惧《きぐ》していたような類の感情は一切感じとれなかった。

「何か質問はあるか？」

レオンハルトの事務的な問いかけに彼女は少し考えこむと「行ってはいけない場所ややってはいけない禁忌事項などはありますか？」とこれまた事務的な質問を返した。

(なんか思ってたんと違う)

あまりにも無表情でまるっきり主人と似たような雰囲気の少女に、マーサは己の危惧を裏切られたにもかかわらず落胆した。そこでマーサは初めて、自分が来客に対してこの屋敷に新しい風を吹き込んでくれるのを期待していたことに気がついた。

「そうだな、離れには近づくな。それ以外は好きにしてくれてかまわん」

『離れ』。その単語にぎくりとする。この屋敷の最大の闇とも言うべき場所だ。主人の近寄り難さ、不気味さの象徴であると言ってもいい。あそこに何があるか知っているマーサは用事がない限り近づきたくはないが、この屋敷を訪れた人間はあの場所を気にして入りたがる。それも当然だ。秘されれば覗きたくなるのは人の常である。

「わかりました」

しかし彼女は理由も聞かずにあっさりとそれに頷いた。それが興味のないフリなのかどうか、マーサには判断がつかない。

「あと修行の合間の空いた時間なのですが、ただ置いてもらうのは申し訳ないのでお仕事をもらえませんか？」

「いいだろう。ジェイド」

「はい、旦那様」

彼女の要望に主人は鷹揚《おうよう》に頷き、呼ばれた蛙男はすっと近づいた。驚いたことに彼女は彼の容姿にもまったく無表情を崩さなかった。

「この子に仕事を教えてやってくれ。そうだな、仕事内容は……、俺の身の回りの世話だ。ミモザ、これはジェイドという。屋敷のことは彼に任せているから仕事は彼から教わりなさい」

「はい。よろしくお願いいたします」

深々と頭を下げる。マーサは主人の発言におやまぁ、と目を瞬いた。人嫌いの主人が身の回りの世話を任せる者は限られている。若い娘にそれをさせるのは初めてのことだった。

マーサは必死にジェイドに『どういうことだろうねぇ、気になる関係じゃないか』とアイコンタクトを送ったが、ジェイドはちょっと引いた顔で『は？　何？』という顔をするだけだった。それに内心でちっと舌打ちをする。有能な奴だがこういう察しの悪いところがあるのだ、ジェイドという男は。

「ではジェイド、さっそく彼女の案内を頼む」

「はい」

大抵の若い娘であればジェイドに案内役をふられた時点で大概げんなりとしたり期待が外れたような表情をしたりするのだが、やはり少女は顔色ひとつ変えずに「よろしくお願いいたします」と頭を下げるだけだった。

そのままレオンハルトは執務室へと戻っていった。

残されたのはミモザと託されたジェイド、そして自主的に残ったマーサだ。ジェイドは何故いなくならないのかという顔でこちらを見ていたが、マーサは素知らぬ顔でミモザに「マーサと申します」と自己紹介をした。

ジェイドはそれにため息を一つ吐くと「では案内をするぞ」と先頭に立って歩き始める。

「ここが食堂」

「ここが書庫」

「ここが浴室」

ジェイドは淡々と、そして素早く案内を済ませていく。雑談のざの字もないぶっきらぼうな態度に、しかし少女は特に文句を言うでもなく律儀に頷いていた。

「あそこが離れ。近づくなよ」

「はい」

マーサは顔をしかめる。離れのことは目にするだけでも少し不快だ。

そこはわざと人目から隠すように背の高い木で囲まれ、ちょっとした林のようになっていた。背の高い屋根がかろうじて見えるのみで、言われなければ離れの屋敷があることなど気づかないだろう。

「で、ここが倉庫」

ジェイドは遠目に見えるそれからすぐに視線を移し、すぐ近くのこぢんまりとした建造物を指差した。そこまでスタスタと歩いていくとこれまでもそうだったように一応扉を開いて中を見せる。

ミモザもこれまで同様にひょこり、とお愛想程度に中を覗いていた。

ふとマーサも倣《なら》って近づき、目に入った物に思わず顔をしかめる。

「どうされました？」

ミモザは『それ』に目ざとく気づいたらしい。マーサの視線を追って、見つけたそれをじぃっと興味深そうに見つめた。

『それ』。そう、数日前に買い出しに行った際に目にした、レオンハルトの姿が描かれた皿である。

「これは……」

少女は戸惑ったように言い淀み、しかし続きを口にした。

「踏み絵に似た不謹慎《ふきんしん》さと恐ろしさを感じる代物ですね」

「んっふ！」

思わずマーサは吹き出しかける。それを呆れた目でジェイドが見つつ「これを食事に使うわけがないだろう」と告げた。

「え？　じゃあどうするんですか？」

「本気で言ってるのか？　飾るんだよ、棚とか壁に。鑑賞用だ」

「………………？」

彼女はなんとも言えないような微妙な表情で首をひねると、その皿を手に取りじっと見つめたまま「夜中に目が合いそうで嫌じゃないですか？」ぼそりとこぼした。

「んっは、はははは！　まぁねぇ、そう思うわよねぇ！」

今度は笑いを抑えきれなかった。そのままばしばしと自分の膝を叩く。

「でもねぇ、巷《ちまた》じゃお嬢さん方に人気なのよ。ほら、旦那様は格好いいでしょう」

「なんで紙じゃなくて皿に描いてあるんですか？」

「紙に描いてあるもののほうが多いわよ。でもなんでか皿に描いてあるのもあるのよねぇ、なんでかしら？」

二人でじっとジェイドを見る。この場で一番答えを知っていそうなのが彼だからだ。彼は諦めたように嘆息した。

「ただの皿を高く売りつけたい商人の陰謀だ。売れりゃあなんでもいいのさ。刺繍とかのもあるだろ」

「へー」

ミモザは感心したように頷く。

「でもこれ、ある意味で効能がありそうですね」

「効能？」

訊ねるマーサに彼女はこくりとひとつ頷いた。

「野良精霊も強盗も裸足《はだし》で逃げ出しそうです」

「んは、んはっはっは！　確かに！　恐ろしくって寄って来れないかも知れないねぇ！」

「一体何が恐ろしくって、一体何が寄って来れないって？」

愉快な気持ちで笑っていると、ふいに背後から声が響いた。聞き覚えのあるその静かで落ち着いた声に、マーサは錆びついた人形のようにぎぎぎ、と振り返る。

「何をこんなところで油を売っている」

「だ、旦那様！」

不機嫌そうに眉間に皺を寄せて、この屋敷の主人が腕を組んで仁王立ちをしていた。

（ひぃぃぃぃ）

マーサは内心で悲鳴を上げる。怒っている、ように見える。少なくとも不機嫌ではある。

ああなんで自分はこんな軽口を叩いてしまったのかと後悔する。この気難しい主人の機嫌を直す方法などマーサはおろか、ジェイドも知らないだろう。

ちらりと横目でジェイドの様子をうかがうと、彼も困ったように脂汗をハンカチで拭いながら「旦那様、こんなところでどうなさいました？」と尋ねた。

それにレオンハルトは親指で空を指し示す。視線を向けるともう日が傾きかけていた。結構なハイペースで屋敷を見てまわっていたつもりだったが、広いお屋敷だけあって結構な時間が経っていたらしい。

「仕事が一段落したからな、ミモザに稽古でもつけてやろうと探しに来たんだ」

「それはそれは……」

ジェイドは揉み手をしながら誤魔化すようにへらりと笑う。普段レオンハルトが不機嫌そうな時は使用人達は極力彼に近づかずにやり過ごしているのだ。レオンハルト自身も使用人達に好んで話しかけたり近づいてくることはない。このような事態は本当に稀《まれ》だった。

「レオン様」

その事態をどう見たのかはわからないが、平静な様子の声が響いた。ミモザだ。

彼女はレオンハルトの注目を引くと手に持っていた皿を掲げてみせた。

「ん？　ああ、なんだこれか」

その皿を見てレオンハルトは面白くなさそうに眉をひそめる。

「これがどうした？　確か試作品だか完成品だかを商人が持ってきたから倉庫に放り込んでいたんだ」

その言葉を聞いた少女はとととっ、と軽い足取りでレオンハルトへと近づくと、背伸びをしてその耳元へと口を寄せた。レオンハルトもいぶかりながらもその意図を察して少し屈んで顔を近づける。

（おやまぁ）

その親しげな様子をマーサは不思議な気持ちで見守った。ちらりとジェイドを見ると彼も目を丸くしている。

そのまま何事かを彼女がささやくと、レオンハルトは微妙そうな顔をして「君なぁ」と呆れた声を出した。

「何を言うかと思ったら、そういう事に興味があるのか？」

その態度は呆れてはいるが先ほどまでよりもずっと柔らかい。普段の近寄りがたい硬質なそれとも違っていた。

「うーん、興味というか。こういうのがあったらそういうのもあるかなって思いまして」

少女はレオンハルトのその態度を特別不思議には思わないようで、自然なやり取りのように話を続けた。その言葉に彼は渋い顔をする。

「あったらどうするんだ」

ミモザはレオンハルトの顔を見上げた。

「どうしましょう？」

そのままこてん、と首を傾げる。

レオンハルトは盛大にため息をついた。

「まぁたぶんあるんだろうが、俺は知らないし知りたくもない。くだらないことを言っていないで、修行でもするぞ」

そのままレオンハルトは身を翻《ひるがえ》して歩き出す。ミモザは慌てて皿を元の位置に戻すと、呆気に取られているこちらに気づき、頭を下げた。

「案内ありがとうございました。一旦失礼しますね」

「あ、ああ」

ジェイドがなんとかそれだけ返した。最後にもう一度頭を下げると今度こそ少女はレオンハルトの背中を追いかけた。

「……おやまぁ」

マーサは驚き過ぎてそうつぶやくことしかできなかった。

ちなみにその後に庭で目撃された二人の『修行』の壮絶さに、使用人一同は彼女には優しく接しようと決意を新たにするのであった。

＊＊＊

テーブルの上では燭台の橙色の柔らかい灯りと暖色系でまとめられ水差しへと生けられた花が、穏やかな晩餐会を彩っていた。

さて、ミモザという少女がレオンハルト邸を訪れて数日が過ぎようとしていた。今までほとんど来客がなく一人しか卓につくことのなかったテーブルに二人の人物が腰掛けるようになって数日、マーサは未だに不思議な気持ちでその光景を眺めていた。

テーブルを囲って初日、少女は神妙な顔をして挙手した。いわく「テーブルマナーがわかりません」。

主人は一瞬虚を突かれたような顔をした後、「礼儀作法の教師を雇おう」と告げてその会話を終わらせた。恐縮する少女に「今後弟子として同行してもらうことが増える。その際にマナーがわからないようでは俺が恥をかく」と言い置いて。

二人の間の会話は決して多くない。まぁ、『レオンハルトとの会話量』としては少女がぶっちぎりで多いのだが、一般的なものと比べると少ない方である。しかし二人の間に流れる空気は気安く、とても穏やかなものだった。

これまでは食事などただの作業だと言わんばかりの速度でマナーは守りつつ食事をさっさとかき込んでいた主人が、今は少女のたどたどしいゆっくりとしたペースに合わせて食べている。気にしていない風に特に何を言うでもないが、同時に食べ終わるようにワインや水を頻繁に口に運んでみたりゆっくりと咀嚼したりと、無言で工夫を凝らしている様子は見ていて微笑ましい。そして少女がどのくらい食べ進んだのかを確認する際に彼女がその視線に気づいてにこりと小さく微笑むと、彼は困ったように苦笑を返すのだった。

ミモザが訪れてまだ数日であるが、これまでただ重苦しく張り詰めていた屋敷の空気が柔らかいものへと変わりつつあった。

(何よりも旦那様の機嫌が良い)

うんうん、とマーサは上機嫌で頷く。機嫌が良いのはいいことだ。それだけで職場の雰囲気が格段に向上する。よしんば機嫌が悪くともミモザと話していれば今までよりも遥かに短い時間で直るのだ。これには感謝の言葉しかない。

「ずっと居てくれればいいですよねぇ」

マーサの内面を代弁するように、一緒に廊下の掃除をしていたロジェが言った。燃えるような赤い髪にブラウンの瞳を持つ彼女は古株だらけのこの屋敷に置いて貴重な若者だ。ぴちぴちの二十代の彼女は、本人いわく「ぞっこんなダーリン」がおり、レオンハルトへ秋波《しゅうは》を送ることのない貴重な人材であった。

「ひと月しかいないみたいだねぇ」

残念に思いため息を吐く。

「えー、延ばさないんですかねぇ、延長、延長！」

「そんなことできるわけがないだろ。まぁ、また来てくれるのを祈るしかないねぇ」

たしなめつつも「はぁ」とため息が出る。一度良い環境を味わってしまうとこれまでの状態に戻るのが憂鬱でならない。

その時可愛らしい鼻歌が聞こえてきた。鈴を転がしたようなその明るい声は、ここ数日で聞き慣れたものだ。そちらを向くと廊下の曲がり角から予想通りの人物が姿を現すところだった。

「ミモザ様ぁ、おはようございますぅ」

ロジェがぶんぶんと手を振って挨拶する。孤児院育ちの彼女は少々お行儀の悪いところがあった。

その声に少女は両手いっぱいに花を抱えて振り向いた。金糸の髪がさらりと流れ、青い瞳が優しげに微笑む。

「おはようございます。ロジェさん、マーサさん」

その可愛らしい救世主の姿にマーサとロジェはほっこりと微笑んだ。

「毎朝せいが出ますねえ」

手に持つ花束を示して言うと、彼女はああ、と頷いた。

「暇ですからね、わりと」

これも彼女が来てからの変化だ。殺風景で飾り気のなかった屋敷に彼女は庭から摘んだ花を飾って歩く。最初は食卓の一輪挿しからじわじわと始まり、気づけば廊下から執務室までありとあらゆる場所へとそれは入り込んでいた。

屋敷に勤める女性陣には大好評である。これまでそういったことをしたくても出来なかったのだ。主人に直談判する勇気が誰もなかったからである。しかし彼女は違う。ミモザはこれまで誰もなし得なかったことを、何かのついでにひょいと「花飾っていいですか？」と聞いてあっさり許可をもらった猛者である。

「ミモザ様はぁ、お花がお好きなんですかぁ？」

ロジェがにこにこと訊ねる。それにミモザは「いやぁ、特にそういうわけでは」と意外な返事を返した。

「そうなんですかぁ？　てっきり毎朝飾られているのでお好きなのかとぉ」

「そうですね。これは好き嫌いというよりは……」

真剣な顔で彼女は言った。

「お花を飾ると家の運気が上がるので」

「運気」

「はい。運気です」

曇りなきまなこである。

（まぁ、ちょっとオカルト？　が好きな子みたいよねー）

別に害はないのでマーサとしてはどうでもよかった。

「あのぅ、実はお願いがあるのですが」

ミモザはちょっと困ったように言う。屋敷を訪れてすぐの無表情はなりを潜めている。緊張していたのだとは本人の談だが、緊張しているのが周囲に見た目で伝わらないのはなかなかに損な性分だなと思う。

「どうしたんだい？」

ミモザはもじもじと恥ずかしがりつつ「今日、レオン様は外出らしくて……」と言った。

「一緒に昼食をとってもいいでしょうか？」

マーサとロジェはそろって顔を見合わせた。

彼女の位置付けは微妙だ。お客様ではないが使用人でもない。主人の弟子として修行をし、家庭教師などから教育を受けているが、使用人としての仕事も少しこなしている。

つまり彼女の「仕事の先輩方と仲良くしたい」という希望は的外れではないが、おかしな話でもある。

「——で、連れてきたのか」

「まぁ、断る理由がなくてねぇ」

不機嫌そうにジェイドが言うのにマーサは肩をすくめた。

「ふん、まぁいい、わたしは知らん」

ふん、と顔をそらして使用人の控室にある、食事を取るテーブルの一番隅へとジェイドは腰掛ける。手にはもう昼食のプレートを持っていた。

そこにミモザが昼食のプレートを持って現れた。彼女はキョロキョロと室内を見渡すとジェイドのちょうど正面の席へと腰を落ち着けた。

「なんでここに座る⁉」

ぎょっとしたようにジェイドが立ち上がる。

「え？」

ミモザは不思議そうだ。

「またやってら」

庭師のティムが呆れたようにそれを見てぼやいた。

そう、何故だかミモザは蛙男ことジェイドに非常に懐いていた。

「席は他にいくらでも空いとろーが‼」

ミモザはきょとんと「そうですね」と頷く。

「なら！　何故！　ここに座る！」

「すみません、誰かの指定席でしたか」

しぶしぶと立ち上がるのにロジェが「指定席とかないからぁ、大丈夫よぉ」と教えてあげる。その言葉に彼女はきょとん、としてから再び腰を下ろした。

「座るな！」

「でも誰の席でもないと……」

「わたしが嫌なんだ‼」

「何故ですか？」

首をひねるミモザに、ジェイドはびしっと指を突きつけた。

「いいか、わたしはな！　顔のいい奴が大っ嫌いなんだ！」

非常に大人げない理由だった。

「ジェイドさん」

ジェイドのその言葉にミモザは珍しく少しむっとした表情になる。

「な、なんだ」

自分からふっかけておいてジェイドは怯む。その顔をじっと見つめながらミモザは「僕、そういうのはよくないと思います」と唇を尖らせた。

「はぁ？　なんだと？」

「人の容姿をどうこう言うのは不作法《ぶさほう》です」

「褒めてるんだろうが！」

「でもジェイドさんはマイナスの意味でそう言っています」

その指摘にジェイドはうっと言葉を詰まらせる。

「褒めてません」

「うっ」

じぃっと恨みがましい目で見られるのに彼はたじろいだ。

「ミモザ様はぁ、なんでジェイドさん好きなのぉ？」

ロジェが助け舟を出す。ミモザの視線はロジェへと移った。

「優しいからです」

「はぁ？　優しくした覚えなど！」

しかし返された答えにジェイドは思わずといった様子で声を上げた。再びミモザの視線がジェイドへと戻り、ジェイドは嫌そうに身を引く。

「確かにジェイドさんは大きな声を出します。でも理不尽な暴力を振るったりはしません」

「当たり前だろうが！」

「当たり前ではありません」

そこでミモザは憂鬱そうに目を伏せた。

「嫌そうな態度は取ります、けれど僕の人格を否定するようなことは言いません。面倒だとは言います、しかし要領の悪い僕に何度も根気強く仕事を教えてくれます。あなたは優しい。だから……」

顔を上げる。冬の湖のような静かな瞳がジェイドを見つめた。

「だから僕がつけあがるんです」

「つけあがるな！」

ジェイドはふーふー、と肩で息をする。それを見つめつつ彼女は説明が足りなかったと思ったのか、考え考え言葉をつけたした。

「僕、修行を始めてからマッチョになりました。そのおかげで少し自信がつきました。僕はこれまで、何も言いませんでした。ずっと思ったことを何も言わず、そのくせ周りに期待をしていました。察して欲しいと、自分は何も行動しないくせに」

そこまで言って、「んー」とまた言葉を探す。

「だからこれからは、少しずつ思ったことを言おうと思ってます。僕は、あなたが好きです。人間として、仕事の先輩として、尊敬しています」

「わたしはお前が嫌いだ！」

ジェイドの喚くような返答に、ミモザの表情は変わらなかった。ただ無表情に、ジェイドを見つめている。

それにちっ、とジェイドは舌打ちをした。

「お前、そう言う時は落ち込んだそぶりで涙でも流してみろ。それだけでお前の容姿なら同情が引ける。不器用な奴め」

そう言い捨てるとそのまま席について食事を始めた。

「一緒に食事をしてもいいですか？」

「好きにしろ、お前がどこで食べようとわたしは知らん」

にこ、とミモザは笑った。

「僕ジェイドさんはツンデレだと思うんですけどどうですかね」

「・・・ツンデレが何かは知らんがろくでもないことを言ってるだろうお前！　なんでも素直に口にすればいいと思うなよ、小娘！」

えへ、とミモザは花が綻ぶように笑った。

＊＊＊

その夜、ミモザは上機嫌で廊下を歩いていた。昼間の一件でジェイドと少しだけだが仲良くなれたように感じたからだ。この屋敷の人達はみんな親切で優しい。しかし、ミモザの『レオンハルトの弟子』という使用人でも客でもない非常に微妙な立場のために、その距離感もまたなんとも微妙なものだった。仕方の無いことなのだがミモザとしてはそこはかとない所在のなさというか疎外感を覚える。それが少しだけ軽減されたように感じて嬉しかったのだ。これはもしかしたら脱・ぼっちも夢ではないかも知れないという期待を抱えつつ、ミモザは入浴のためにタオルや着替えなどを抱えて浴室を目指していた。するとふと、聞き慣れない音が聞こえた気がして彼女は立ち止まった。

「うん？」

それは悲鳴のようだった。

ミモザは振り返る。不穏な声の原因を探そうとして、すぐにその原因がこちらに駆けてくることに気がついた。

「レオ……」

名前を呼びかける前に彼は風のような速さでミモザの脇を駆け抜けて行った。

過ぎ去った突風にミモザはきょとんと首を傾げる。

(緊急事態だろうか……)

しかしそれにしては彼の様子はおかしかった。もしも危険な事態ならば、それをミモザに警告もせずに立ち去るような真似を彼はしないだろう。

とりあえず理由を探ろうとレオンハルトが駆けてきた方へと進むと、書斎の扉が開きっぱなしになっている。おそらくここから出てきたのだろう。

「お邪魔しまーす……」

そろりそろりと中に足を踏み入れる。しかし中はいつもと変わりなく、たくさんの本が整然と本棚に収まっているだけだ。

「うーん?」

一体何があったのだろう、と首をひねりながら部屋の中を見回ると、

「お?」

本が落ちている。投げ出された様子のその本を手に取って、ふとミモザは『それ』と目が合った。

やや茶色がかっているが立派に黒光りするツヤツヤボディに小さな体。触角がちょこちょこと動いている。

色味と大きさからして、おそらくこれは野生の者だろう。どうやら外から遊びに来てしまったよ

うだ。

小さな彼、もしくは彼女と静かに見つめ合っていると、ふいにバタン、と大きな音と共に扉が大きく開かれた。

「二列目の本棚付近だ！」

「承知いたしました、旦那様」

来たのはレオンハルトとジェイドだ。ジェイドは手に箒と殺虫剤を構え、レオンハルトは何故だか扉の入り口に立ったまま部屋には入ってこない。

真っ直ぐにミモザのいる二列目の本棚に向かってきたジェイドは、そこに立つ彼女の姿を見つけて目を丸くした。

「なんだ？　お前なんでこんなところにいる？」

「ミモザ？」

レオンハルトも今ミモザの存在に気づいたらしい。彼はやはり扉から離れないまま「そこから今すぐ離れなさい」と険しい顔で警告を発した。

「そこは今、危険地帯だ」

「何があったんです？」

やはり現場はここで間違いなかったらしい。

レオンハルトの真剣な様子に若干びびる。そんなミモザにレオンハルトはいかにも恐る恐るといった様子でやっと扉から離れて静かに歩み寄ると『危険地帯』から引き離すようにミモザの手を軽く引いた。

そして意味がわからず立ちすくむミモザのことを見つめると沈痛な面持ちで、

「奴が出た」

簡潔に告げた。その口調は重々しい。

「奴……？」

「口にするのもはばかられる例の奴だ」

「えっと……」

よくわからないので困ってジェイドを見ると、彼は若干呆れ気味に「虫だ」と告げた。

「ゴから始まる四文字の虫が出たんだ」

「ゴキブリですか」

「その名を口にするな！」

ちらり、といつの間にか本棚の下へと移動している小さな来客を見ながらミモザの口にした名前にレオンハルトから厳しい叱責が飛ぶ。

ミモザの手を握るその手が珍しく汗ばんでいることに気がつき、ついで周囲を油断なく見渡すその姿をしばらくぼんやりとミモザは見守ってから、ああ、とやっと理解が追いついて一つ頷いた。

「苦手なんですね？」

「嫌いなだけだ！　苦手じゃない！　殺そうと思えば殺せる！」

「はぁ……」

「見当たりませんなぁ、もう逃げたかも知れません」

「なに⁉」

冷静なジェイドが主人とミモザの不毛なやり取りを無視して状況を告げると、レオンハルトは不快そうに眉を上げた。

「なんとかして探しだせんか」

「いやぁ、まぁ、一応探してみますが……」

「ああ、彼ならここにいますよ」

ミモザは先程から視界の隅でうろちょろしている小さな来客を持っていたタオル越しにひょいと掴んで見せる。

「────っ‼」

瞬間、レオンハルトの顔から一気に血の気が引き、その場から大きく跳躍してミモザと来客から距離を取った。しかし彼らしくもなく背後の確認を怠ったのか背中を大きく本棚へとぶつけ、その衝撃で降ってきた本に襲われてその場に崩れ落ちるように尻餅をつく。

「大丈夫ですか⁉」

「寄るな‼」

あまりにもらしくない師の様子にぎょっとして思わず駆け寄ろうとするミモザを、彼は本がぶつかったのだろう頭を抑えて呻きながらも鋭く制止する。

「そ、それを持ってこっちにくるな！」

「……ああ」

ミモザは納得したようにタオルに包まれた来客のことを見る。黒いつぶらな瞳がミモザのことを見返した。ミモザは近くの窓を開くと、

「ミモザ投手、第一球、投げましたー、えいっ」

勢いよく振りかぶって彼のことを投げ捨てた。

それが無事に地面の草むらに不時着し、かさかさと逃げていく姿を見送ってから、ミモザはレオンハルトのほうに振り向く。

「大丈夫ですか？」

そうしてレオンハルトのことを助け起こそうと手を差し出して、ずざっ、と本棚のせいでそれ以上後ろに下がれないレオンハルトに本棚にへばりつくようにして距離を取られて手を引っ込める。

ふと気がつくとジェイドもミモザから距離を取るようにして遠巻きにこちらを見ていた。

二人ともまるでヤバイ奴でも見るような目で、だ。

ミモザはむぅと口を尖らせる。

誠に遺憾である。

しばらくその場は静寂に包まれ、誰も身動き一つ取らずに三人で見つめ合うという謎の空間と化した。正確に言えば見つめられているのはミモザだけだったが、とにかく謎の沈黙が落ちた。しかしややあってやっと気を取り直したのか、レオンハルトがその沈黙を破るように真剣な顔で口を開く。

「……君は、あれが平気なのか」

「まぁ、別に好きじゃないですけど退治くらいは……」

田舎育ちのミモザである。正直あれやらこれやらの虫は家にも学校にもひょこひょこ遊びに来ていた。

「そうか……」

レオンハルトは静かにそう頷くと、本の山から抜け出してゆっくりと立ち上がり、ミモザの肩へそっと手を置いた。

しかしその力は強く、無言の圧をミモザに与えてくる。

その来客を掴んだ手を絶対にこちらに向けるなという圧を。

「ミモザ、君に新たな仕事を与えよう」

「はい？」

怪訝な顔をするミモザに、やはり真剣にレオンハルトは告げた。

金色の瞳が真っ直ぐにミモザを見つめる。

「君を、奴の退治係に任命する」

「…………はぁ」

かくしてその日から、レオンハルトの身の回りの世話に追加して、ゴキブリ退治というそれなりに重要らしい仕事がミモザの担当となった。

＊＊＊

バーベナ村の夜が明けた。

朝、ステラが陽の光に目を覚ますと小鳥が囀《さえず》っていた。隣で寝ていた猫の守護精霊ティアラが気づき、その鳥へと飛び掛かる。

「おはよう、ティアラ」

鳥を仕留めたティアラは可愛らしい顔でなーん、と鳴いた。

母がパンを薄く切ってトースターへセットするのを眺めながら、ステラはミルクを飲んでいた。

以前だったらここに妹のミモザもいたはずなのに、今はいない。

(理不尽よね)

ステラは思う。今頃ミモザは王都で優雅に暮らしているのだ。

(いじめられたのがわたしだったら良かったのに)

そうしたらレオンハルトが気にかけるのはステラで、王都にいるのもステラだったはずだ。アベルの行為は最低だが、受けた被害以上のものをミモザは享受しているように思う。

「どうしたの？　ステラ」

ぼんやりしているステラにミレイは訊ねる。それに明るく笑い返してステラは「ううん、なんでもないの。ただちょっと、ミモザがいなくて寂しいなって思って」と返した。

それに母は同意するように頷いた。

「そうよね、ミモザとこんなに離れるなんてママも初めてで寂しいわ」

渡されたトーストにジャムをたっぷりと塗る。ミモザも母も何故かいつも薄く塗りたがるが、ステラには理解できない趣味だった。

ミモザの身につけていたリボンを思い出す。レオンハルトにもらったと言っていたあのリボン。

ステラが聞いた時にはわざとはぐらかして答えなかった。

（教えてくれれば良かったのに……）

そうしたらミモザがレオンハルトに会う時に同行できた。そうしたらきっとレオンハルトもステラを気にかけてくれたに違いない。

（ミモザは意地悪だわ）

でもわたしはお姉ちゃんだから許してあげないとね、とステラは憂鬱にため息をついた。


朝食を食べ終えて出かけた先でステラが彼を見かけたのは偶然だが必然でもあった。秋休みは収穫の手伝いで忙しい。近所付き合いで他所の畑も手伝うため、家が近いアベルと会うのは予想できたことではあった。

「……よぉ」

アベルは気まずそうに手を挙げる。

「おはよう、アベル」

それにステラは明るく笑いかけた。彼がほっと息を吐くのがわかる。

ステラはアベルのことが好きだ。藍色の髪に切れ長の金色の瞳、彼はこの村で一番格好いい男の子だ。

（けれど、レオンハルト様には劣るわ）

今思い出してもうっとりしてしまう。彫りの深い顔立ちに鍛えられた体躯、そして穏やかで洗練された立ち振る舞い。どれを取ってもステラが今まで見てきた人達の中で、彼に敵う人はいなかった。

アベルは「その、ごめんな、嘘ついて」とぼそぼそと告げる。先日のことを言っているのだろう。本当はステラは嘘が嫌いだ。自分に嘘をつくだなんて軽んじられているようで不愉快である。しかし今この村で彼はミモザをいじめたことで非常に苦しい立場であった。

（ここで責めるのは可哀想ね）

可哀想な人には優しくしてあげなくてはならない。だからステラは「いいのよ、反省してくれたんでしょ」と優しく微笑んだ。

彼はステラの微笑みに見惚れるように頬を染める。その反応に気を良くして「今日はお手伝い？偉いわね」と会話を続ける。

アベルは頭をかきながら「お前もだろ」と言った。

「ミモザは？」

「あら、知らないの？　ミモザは王都よ。レオンハルト様と一緒にいるの」

「は？　なんで⁉」

アベルが驚きに目を見開く。その驚きにはステラも心の底から同意した。

「びっくりよね。レオンハルト様はアベルがやったことを気にしているみたい。ミモザも気を遣って断ればいいのにご厚意に甘えて……。本当にしょうがない子なんだから」

ため息を吐く。アベルはものすごく複雑な顔をして「兄貴……」と呟いた。

「きっと今頃王都で遊んでるんじゃないかしら？」

本当に羨ましい。ステラはこんな所で畑仕事をしているというのに。

（早く学校を卒業してわたしも王都に行きたいわ）

田舎生まれのステラにとって王都は憧れだ。ステラだけじゃない。若者はみんな王都に行きたがる。けれどそれは生半可なことではなかった。王都に行ったはいいものの、夢破れて出戻ってくるなどざらにある話だ。しかしステラには失敗のビジョンなどは見えない。だってステラはすべてにおいて人より生まれつき優れていた。いつだってステラは特別で何かを諦めたことなどなかった。だからきっと多少の時間はかかるがステラは王都に行くし、レオンハルトはステラに振り向いてくれるはずだ。

アベルはとても苦しそうに「ミモザにも、悪かったと思ってるよ」と言った。

「あれから母さんとたくさん話し合って、隣町のカウンセラーの先生のところにも行って話を聞いてもらって、悪かったのは俺だったと思ってる。先生に言われたんだ、俺は物事の受け取り方を間違ってたんだって」

「そう……」

可哀想に、とステラは思う。アベルは間違ってしまったのか。けれど劣っている人にも優しくしてあげなくては、とステラは考える。

ミモザもそうだ。あの子は一人じゃ何もできない。何も正しく決められない。だからステラが導いてあげなくてはならない。

(だってあの子はわたしの可愛い妹だもの)

「誰にでも考え方の癖ってのがあって、皆違うらしいんだ。俺はそれを悪い方悪い方に受け取る癖があって、でもそれはものすごく異常ってわけじゃなくて誰にでも起こりうることだって。人に迷惑をかけない、自分を苦しめない考え方に少しずつずらしていければいいんだって」

「そうなの」

ステラは慈悲深く微笑んだ。

「頑張ってるのね、アベル」

「……っ！　ああ！　そうなんだ！」

アベルは意気込んだ。

「俺、俺さ！　ダメな奴だけど、間違っちまったけど、でも頑張るからさ！　頑張って、お前に相応《ふさわ》しい男になるからさ！」

そこでぐっと押し黙る。ステラは黙って続きを待った。

「応援、してくれるか」

「もちろんよ、アベル。頑張って」

アベルは顔を喜色に染めると「おう！」とガッツポーズを決めた。

一方その頃、ステラの母、ミレイは休憩のための水筒とお弁当を木陰に並べていた。遠くでステラとアベルが話しているのが見える。アベルに対して複雑な気持ちはあるが、それを問答無用で咎めるような馬鹿な真似はしたくなかった。

「おやミレイさん、精が出るねぇ」

今収穫をしている畑の持ち主の老人が話しかけてきた。ミレイは「いえいえ」と微笑む。彼はミレイが先ほどまで見ていた方向を見て「ステラちゃんとアベル君かい」と納得したように頷いた。

「大変だったみたいだねぇ」

「ええ……」

「でもあんまり責めちゃいけないよ。まだあの子は子どもだ。それに変に関わって周りに妙な噂をたてられるのも嫌だろう」

「まぁ……」

彼が心配して言ってくれているのはわかるがミレイの顔は曇った。田舎の村だ。すぐに噂は巡る。アベルだけでなくきっとミモザも色々と言われているのだろうと思うと悔しくてならない。

「まぁ、また同じようなことがないようにワシも見とくからね。あまり気負わんようにね。そういえばミモザちゃんはどうしたんだい？」

「ミモザは王都に行ってるんですよ。親切な方の家に下宿させてもらってお勉強をしに行ってるんです」

老人の質問にミレイは極力曖昧に答える。彼は「それはいい」と頷いた。

「ミモザちゃんも今はこの村に居づらいだろう。息抜きするとええ」

ミレイは警戒した自分を少し恥じる。彼は本当に他意なく純粋にミレイ達を心配してくれているだけだったらしい。

「でもじゃあ、手伝いが今年は少なくて大変じゃないかい？」

「まぁでも、ミモザも遊びに行っているわけじゃないですから」

ミレイは苦笑する。

「下宿先でお仕事もしているみたいで、この間お金を送ってきてくれたんですよ。迷惑かけてるからって。そんなことしなくていいのに」

「いい子だねぇ。ミレイさんが優しいお母さんだからミモザちゃんもステラちゃんもいい子に育ったんだねぇ」

「そんな……、ありがとうございます」

ミレイは泣きそうになって俯いた。ミモザのいじめに気づかなかった自分がそんなことを言われていいはずもないが、それはとても嬉しい言葉だった。

第六章　精霊騎士のお仕事

轟々と風が吹いている。

そこは険しい岩山だった。周囲は鋭く尖った岩ばかりが転がり、その合間合間に申し訳程度にわずかに木や草が生えている。

一人の少女がいた。陽の光を反射するハニーブロンドの髪をショートカットに切り揃え、冬の湖面のように青く透き通った瞳を静かに伏せて遠くを見据えている。

彼女の視線の先は崖の下。そこには数十、下手をしたら百を超えてしまいそうな数の猪の姿をした野良精霊がうじゃうじゃといた。

「うぇー」

少女は見た目にそぐわぬうんざりとした声でうめく。

「謎の大繁殖だそうだ。以前の熊の狂化同様の異変だな」

彼女の背後から現れた美丈夫が腕を組んでそう告げた。そのまま彼女の隣へと並び野良精霊の群れを検分するように眺める。その視線は険しい。

よく見ると彼らの背後には教会に所属する騎士と思しき白い軍服を着た人々が控えていた。皆一様に緊張の面持ちで前方の二人を見守っている。

この場で白い軍服を着ていないのは少女だけだった。

さらり、と男の藍色の髪が風に流れ、黄金の瞳が横目で彼女のことを捉えた。

「行けるか」

「はい」

少女はそう明瞭に答えると懐から両手いっぱいの鈴を取り出した。そしておもむろにそれをジャンジャカと目一杯振りながら踊り狂い始める。

その眼差しは――、本気だ。

周囲の騎士達はしばらくわけがわからずその様子を傍観した。そしてそれがどうやら幻覚の類いではないと気づき始めた何人かが気まずそうにそっと上司のことを見る。

上司――、すなわち踊り狂う少女の保護者兼責任者、レオンハルトのことを。

レオンハルトは若干遠い目をして少女のことを見ていたが、やがて諦めたように一つ息をついた。

「……何をやっている」

「これは、ですね！　勝利の確率を高めるおまじないの舞を舞っています！」

「そうか。それはあとどれくらいかかる？」

「えっと最短であと三分くらい、」

「行ってこい」

「あー！」

言葉の途中でレオンハルトに背中を蹴飛ばされ、ミモザは声をフェードアウトさせながら崖に吸い込まれるように落ちていった。

そのあまりにも無情な行為に周囲は総毛立つが、当のミモザはといえばおもむろに自身の精霊を防御形態へと変えると、そのお椀型の盾を自らの足下へと展開しその上へと華麗に着地した。盾の棘の部分は崖から滑り落ちないようにがっちりと岩と岩の間に挟まり、危なげなく彼女はその上に立って振り返ると大きく手を振って見せる。

「すぐにー戻りまーす！」

そのぞんざいな扱いにあまりにも慣れた様子は周囲の同情を誘うには十分だった。

そして一刻後、さらに崖下の野良精霊の群れの中へと降り立ったミモザの周囲は猪の遺体だらけとなっていた。血みどろになった服を撫でつけてみるが当然それで血が落ちるわけがない。

「よくやった、ミモザ」

いつのまにか近くに来ていたレオンハルトがそう言って褒めるようにミモザの肩を叩く。

「血が付きます」

「ん？　ああ、別にいいさ。君がやってなかったら今頃俺がそうなっていた」

そう言うとレオンハルトは遺体の検分に入った。他の騎士達もぞろぞろと現れてにわかに騒がしくなる。

「狂化個体は確認できません」

「大量の巣穴が確認できました。共食いの形跡があることからも急激に増殖が起こったものと思われます」

「……これまでの異常と同じ、か。少しでも不自然な痕跡がないか調べろ。人が踏み入った形跡がないか、他所から群れが移動してきた可能性はないかを特に重点的にな」

「はっ」

レオンハルトの指示に一度報告に訪れた面々が再び散っていく。

「まぁ、これまで同様、期待はできんがな」

レオンハルトは難しい顔で腕を組んだ。その意見にはミモザも同意である。おそらくこれらはゲームの中で主人公ステラが解決する異変の前兆なのだろう。おそらく三年後にゲームが開始するまでその真相を解明することは困難に違いない。

べたべたと手についた血を自らの服になすりつけて拭いていると、ふいにレオンハルトがこちらを向いた。

「今回の手伝いの報酬だ」

そう言ってレオンハルトはミモザに金貨を渡した。渡されたのは小金貨だ。小金貨は一枚約一万コロネである。それが三枚。三万コロネだ。

ちなみにこの世界でのお金の単位のコロネは、概ね一コロネは一円と同等くらいだ。つまりミモザは今三万円もらったわけである。

(結構儲かるなぁ)

命がかかっていると考えると安いが、二〜三時間の労働に対する報酬としては高い。

ちなみにこれは相場からすると安めである。理由はこれは本来ならレオンハルトに下された任務であり、ミモザは修行の一環として代行しているという立場だからである。レオンハルトは時々こうしてミモザに経験を積ませるためのアルバイトを持って来てくれる。これのおかげでミモザのレベル上げは順調に進んでいた。なにせ業務の一環であるがゆえに、このアルバイトには一日一人二十匹までという制限がない。頻繁にわりの良い業務があるわけではないが、一気に経験値を稼げておまけにお金も稼げるという、卒業試合までにレベルを爆上げしたいミモザには渡りに船のアルバイトであった。

このお金は一応教会から、ひいては大元の国からレオンハルトに対して出る予定らしいが、支給されるのはまだ先のためレオンハルトのポケットマネーから先払いでもらっている。

要するに、これはレオンハルトからのお小遣いである。

「戻るか」

「よろしいのですか？」

まだ探索中の他の騎士達を見てレオンハルトの発言にミモザは首を傾げる。それに彼は肩をすくめてみせた。

「もう一通りは確かめたし仕事はこれだけではない。後は彼らに任せて俺は次の仕事にうつる」

「おーおー、じゃあ俺もご一緒させてもらおうかね」

そこに新たな声が降って湧いた。レオンハルトはその声に眉をひそめる。

「ガブリエル」

「よう、聖騎士様。お前さんが働き者なおかげで俺はサボれて嬉しいぜ」

ガブリエルと呼ばれた男は三十代半ばほどの男だった。濃いブラウンの髪と瞳にやや浅黒い肌をした色男だ。皆と同じ白い騎士装束をやや着崩している。しかしその胸元で輝くローリエの葉を模した金色の徽章が、彼が高い地位の人間であることを示していた。

「重役出勤とはさすがだな」

「そうツンケンするなよ。お兄さんにも色々と仕事があってだなぁ……。そっちのお嬢さんが噂のお弟子ちゃんか？」

彼は口の端だけをあげてニヒルに微笑んだ。

「俺はガブリエル。姓はない。ただのガブリエルだ。これでも教会騎士団団長を務めている」

手を差し出される。

「よろしくさん」

握り返した手のひらは厚く、戦士の手をしていた。

結局今回の件の報告のために三人は一緒に中央教会へ赴くこととなった。このアゼリア王国では一応女神教が主流な宗教である。なぜ『一応』とつけたかといえば、精霊信仰もそれなりの数、というよりもそもそものベースに入ってくるからだ。

実は女神教自体は仲の良い隣国からの輸入である。この国の土着の宗教は精霊信仰であり、それは精霊は守護精霊も野良精霊もみんな尊いため敬いつつ仲良くやっていこうというアバウトなものだ。そこにはあまり具体的な教義や儀式は存在せず、概念だけがある。そして女神教はというと、この世の精霊は総じて女神様が生み出した存在であるという宗教だ。教会も教義も存在するし、実は聖騎士を目指すにあたって攻略しなければならない七つの塔は通称『試練の塔』といい、教会の管理下にある。これは女神様が人に課した試練、故に試練の塔ということらしい。ちなみに女神教が布教される以前の試練の塔は『精霊の棲家《すみか》』と呼ばれており、精霊信仰にとっても聖域に該当していたりする。この二つの信仰は特にぶつかることなく共存していた。理由は精霊信仰のアバウトさだ。女神教が渡ってきた時、この国の人間は精霊信仰マインドにより、精霊っていっぱいいるから精霊を生み出す精霊もいるよねー、というニュアンスでそれを受け入れた。つまり女神様自体も精霊の生みの親ということは精霊なので、精霊を信仰するという行為に変わりはないよね、となったのである。

隣国の女神教はもしかしたら解釈が異なるのかも知れないが、少なくともこの国ではどの精霊を信仰するのも自由であり、女神様はすべての精霊の大元ということなので女神様を敬えば全部まとめてすべての精霊を敬ってる感じがするので便利だよねー、というぐらいの感覚で急速に普及したという経緯があるのだった。

真っ白い大理石でできた回廊を歩く。背の高い尖った屋根が特徴的なその建物は床も壁も屋根もすべて白で統一され、唯一窓だけが色とりどりのステンドグラスになっている。そしてその窓一枚一枚が女神教の聖書に書かれる一場面を表していた。

「ミモザちゃんは中央教会は初めてかい？」

田舎者丸出しでおのぼりさんよろしくキョロキョロと忙しなく周りを見るミモザにガブリエルは

苦笑する。

「えっと、王都に来たのがそもそも一週間前が初めてなので」

「そりゃあいい。どこを見てもきっと楽しいぜ。王都はありとあらゆる店や施設がそろってるからな。観光はしたかい？」

「ええと……」

ミモザは言い淀む。それにレオンハルトは鼻を鳴らした。

「生活するのには便利だが、それだけだろう」

その言葉にガブリエルはやれやれと首を横に振る。

「お前さんにとってはな。こーんなにかわいいお嬢さんなら楽しいことだらけだ。街に繰り出せばショッピングにランチ、きっとナンパもされ放題だな」

ごほん、とレオンハルトが不機嫌そうに咳払いをする。そして「まぁ、服は新調した方がいいか」と呟いた。

確かに、とミモザも頷く。三人はそろって返り血でべとべとになったミモザの悲惨な服を見た。

「教皇様にお会いになる前に身綺麗にした方が良かったんじゃねぇ？」

「俺の家に行く通過点に教会があるんだ。二度手間になる」

「まぁお前さんが血みどろで教会に来るのはよくあることだけどよ」

ガブリエルはため息をついた。

「ミモザちゃん、どーよ。観光にも連れてってくれねぇ、服も血みどろのまま着替える時間もくれねぇ、こんな師匠でいいのか？」

「えっと、特に困ってはないです」

修行もつけてもらえてお金も稼げて食事も出る。正直いたれりつくせりである。

そんなミモザの反応に、当てが外れたガブリエルは「無欲だねぇ」と肩をすくめた。

その時ばさり、と音を立ててミモザの肩に何かが覆い被さった。びっくりして見上げるとレオンハルトは仏頂面で「着ていろ」と言う。

掛けられたのはレオンハルトの軍服の上着だった。どうやらガブリエルの言葉を気にしたらしい。

ミモザは掛けられた上着に腕を通し、少し歩いてみた。そして上着のすそをめくってみる。

案の定、丈の長すぎる上着のすそはずるずると地面に擦られてたった数歩なのに薄っすらと汚れてしまっていた。

「レオン様、これ」

「後で洗わせる。着ていなさい」

そのままレオンハルトが歩き出してしまうのに、ミモザは慌てて前のボタンを閉めながらついて行った。

ガブリエルはそれを新しいおもちゃを見つけたような表情で眺めながら、早足で二人を追い抜いて先頭に出ると一際大きな扉の前で足を止めた。

「ではでは、お嬢さん。こちらに御坐《おわ》しますはこの中央教会の頭目にして教会騎士団の指揮者、女神教の首魁《しゅかい》であらせられるオルタンシア教皇聖下でございます」

おどけた仕草でお辞儀をし、扉を開いてみせた。

かくして、扉を開いた先に現れたのは、

「美人で巨乳のお姉さんは好きかしら？」

黒い軍服に身を包んだ美人なお姉さんだった。

「えっと、」

思わず状況がわからずミモザはぽかんと口を開けたまま固まる。

背中まで真っ直ぐ伸びる銀の髪に月光を集めたかのように輝くやや吊り目がちな銀の瞳、その身に真っ黒な軍服を纏う彼女は確かに美人だった。

そして巨乳でもあった。

その巨乳な胸元には盾をモチーフとした金色の徽章が燦然《さんぜん》と輝いている。

固まったまま二の句の継げない様子のミモザに、彼女は再度にこりと笑いかける。

「好きかしら？」

その凄みのある笑顔に思わずミモザはこくこくと頷いた。まぁ好きか嫌いかで言うと好きなので嘘ではない。

彼女のたわわに実った胸を見て、それから自身の胸を見下ろした。十二歳のミモザは年齢相応につるぺただった。

（悲しい）

ついでに言うと双子にもかかわらずステラの方がミモザよりも胸は大きかったりする。つまりミモザは胸の大きさでもステラに負けている。

（悲しい……）

ずんと暗い表情で沈むミモザの頬を、チロは慰めるように両手で撫でた。そんな落ち込むミモザの姿を見て、女性はにんまりと微笑む。

「ねぇお嬢さん。わたくしに弟子入りをすれば、巨乳になるコツを教えてあ、げ、る」

「それって、ぐぇっ」

その魅力的な提案に思わず釣られかけたミモザの襟首を掴んで引き止める手がある。レオンハルトだ。

彼はミモザの襟首をまるで猫の子でもつまむように掴むと、ずりずりと自分の元へと引きずり寄せた。

「人の弟子をくだらない方法で勧誘するのはやめてくれないか。マナー違反だ」

そのままじろりとその女性をにらむ。

「あらん、あなたのことだから弟子なんて使い捨て程度に思ってるかと思ったら、案外可愛がってるのね」

「さてな」

女性の揶揄にレオンハルトは素知らぬ顔で応じる。

二人の目線の先にばちばちと幻の火花が見えた。

（うーん？）

首根っこを引っつかまれただらんとした体勢のままミモザは首を傾げる。彼女の服装、あれは王国騎士団の制服である。胸元の徽章も確か『王国を守る盾』として知られるデザインだ。教皇が王国騎士団の制服を着ているわけがないから、彼女はきっとオルタンシア教皇ではないのだろう。その時、彼女の横に立つ少年と目が合った。さらさらの黒髪をきっちりと切り揃えた少年はその黒い瞳を細めて爽やかに笑いかけてきた。

年齢はミモザと同じくらいだろうか。清涼飲料水のＣＭに出れそうなくらいの爽やかさだ。しばらく待ってみたが両者の睨み合いが終わる気配がなかったため、ミモザは少し考えてから口を開いた。

「レオン様は巨乳はお嫌いですか？」

「……巨乳はともかくあれはただのゴリラだ」

不機嫌そうな表情を崩さないまま顔でレオンハルトは応じる。

「ひどいわゴリラだなんて。なんか言ってやってよ、ジーン」

彼女は隣の爽やか少年に声をかける。彼は笑顔を崩さないまま答えた。

「先生がゴリラなのはちょっと否定できません。それはともかくとして僕はかわいい女の子と巨乳の話なんてしたくないのでこれ以上のコメントは控えさせていただきますね」

「おいおい全員クセが強すぎるぜ。まともなのは俺だけか？　ちなみにお兄さんは胸より尻派だ」

「誰がお兄さんよ、ずうずうしい。おじさんの間違いでしょう？」

「あーん？　自己紹介か？　お、ば、さ、ん」

「……いやぁ、元気なのはいいことですね」

不毛な四人のやり取りを新たな声が遮る。それは静謐《せいひつ》で落ち着いた男性の声だ。

「ですが皆さん、私の存在をお忘れではないでしょうか？」

紫がかった黒髪をオールバックに撫でつけ、すみれ色の瞳をした壮年の男性が、実は女性の背後に隠れていた執務机に腰掛けていた。

元々細い目をさらに細めてにっこりと微笑んで、彼は「そろそろ本題に入りましょうか」と厳かに告げる。

どうやら彼がオルタンシア教皇聖下のようだ。その胸元には女神を象徴する『ローリエの葉ででき た冠』をモチーフとした白金《はっきん》の首飾りがかけられていた。彼は口調こそ穏やかだがその目は全く笑っていない。そのことに気づいた四名がぱっと姿勢と態度を正した。首根っこを掴まれていたミモザは急に手を離されて床に尻餅をつく。

「あいたっ」

「……………」

オルタンシア教皇聖下がそのすみれ色の瞳でじぃっと見つめてくることに肝を冷やしてミモザは慌てて起ち上がると他の四名にならって姿勢を正した。

オルタンシアはそんな部下達の様子に盛大なため息を吐いた。

「報告は以上です」

ガブリエルは真面目くさった顔でそう締めくくった。先程までとは打って変わってその姿は仕事の出来る男そのものだ。それに教皇はうんうんと満足そうに頷いた。

報告の内容はここを訪ねた当初の目的である先程の野良精霊討伐についてである。その説明は非常に理路整然《りろせいぜん》とした余計な主観を排したものであり、ガブリエルが先程までのおどけた人物像とは異なり、理性的な人物であることを窺わせた。

その他の三名も先程までとは異なりみんな澄ました顔をしていかにも仕事のできる騎士です、といった風情で立っている。

（みんな切り替えが早いなぁ……）

ミモザはそんな様子をぼんやりと他人事のように眺めていた。

「レオンハルト君は何か付け足すことはありますか？」

しかしそれもオルタンシアがそのように問いかけるまでだった。その問いを受けたレオンハルトが冷静に応じる。

「特には。しかしこの異常事態は徐々に頻度が増えている様子があります」

「そうですね。とても気がかりです。しかし原因をつかめていない以上、対症療法を続ける他ないでしょう」

（ううっ）

そのやりとりにミモザは罪悪感で胸を押さえた。だってその原因はミモザがちゃんと前世の記憶を思い出せれば判明するはずなのだ。

今わかっていることは三年後に姉がそれを解決するということだけである。

(いや、待てよ?)

ミモザの記憶にはとんでもなく強い狂化個体をステラが仲間と力を合わせて倒すシーンがある。しかしその原因を取り除いていたかまでは定かではない。

(もしかして、三年経っても解決しない可能性がある?)

だとすればそれはゆゆしき事態だ。いやしかしそんなに中途半端な解決をゲームをするプレイヤーが許すだろうか?

(……よし!)

バレないように小さくぐっと拳を握る。ミモザは帰ったら記憶を思い出しやすくするおまじないを試すことに決めた。チロはそんなミモザの思考を見透かしてやれやれと首を横に振る。

「ところで彼女達はなぜここにいるのですか?」

報告が一区切りついたところで、レオンハルトは王国騎士団の美女とジーンと呼ばれていた爽やか少年を目線で示して訊ねた。

「そんな邪魔そうに言わないでよ。要件があって来たに決まってるでしょ?」

美女は口紅の塗られた唇を吊り上げて笑う。そしてちらりとミモザのことを見た。

「そうね。初対面の子もいるから自己紹介からしようかしら。わたくしはフレイヤ・レイアード。由緒あるレイアード伯爵家の長女にして、王国騎士団団長よ」

「僕はその弟子のジーン・ダンゼルと申します。以後お見知りおきを」

そこまで言って二人してミモザのことをじっと見つめてくる。その視線にはっとしてミモザは慌てて「レオンハルト様の弟子のミモザと申します」と頭を下げた。

試練の塔を攻略し、御前試合にて成績を残し晴れて精霊騎士となった者の進む道は、一般的に二つに分かれる。

王国騎士団に行くか、教会騎士団に行くか、である。

王国騎士団はその名の通り国に仕える騎士であり、教会騎士団も同様に教会に所属する騎士のことである。そしてどちらに行くのかを決めるのは出自だ。貴族は王国騎士団へ、平民は教会騎士団へと入る。稀に貴族にもかかわらず教会騎士団へ入る者もいるが、逆はない。つまり目の前にいる二人は確実に貴族であった。

ミモザはすっとさりげなくレオンハルトの背後へと移動する。田舎では貴族になどまず出会わないが、それでも無礼を働けばどのような目にあうかの見当くらいはつく。

フレイヤはそれをどう思ったのか「あら可愛い」と微笑んだ。

「心配しなくても取って食ったりしないわよ。伯爵位を持つ聖騎士様の弟子に軽々しい真似はできないもの」

（伯爵位持ってたのか）

今さらのことを知って驚く。我が事ながら自分の師に対しての知識が浅すぎる。言い訳をさせてもらえればレオンハルトは自分のことを話したがらない人であるし、これまで特に知らなくても困らなかったからだと言っておく。爵位を持っているのは風の噂で知っていたが、そんなに上の方の位だとは思っていなかった。

ちらりとレオンハルトを見上げると、彼は肩をすくめて見せた。

「最初は男爵位だったんだがな。授与される前に間が空いてしまってその間にもいろいろと功績が増えていったんだ。その結果なんの位にするか貴族達の間で意見が割れてな。色々と面倒になっていらないと言ったら吊り上げ交渉と誤解されて伯爵位になってしまった」

「はー……」

ミモザのような一般庶民にはなんとも理解が追いつかない話である。まぁ、貴族達としてもレオンハルトと友好関係を築きたかったのだろう。

レオンハルトはいつも白い教会騎士団の制服を着ている。一般的に聖騎士はどちらの騎士団にも属さない独立した存在のはずだが、元々が平民ということもあり教会騎士団との方が距離が近いのだろう。この世界の教会は宗教団体ではあるが政治的には市民の代弁者の役目も担っている。そのための教会騎士団であり抑止力として国もその存在を許容しているのだ。しかし貴族にとっては忌々しい存在だろう。最強の騎士が教会、ひいては平民寄りというのもよろしく思っていないに違いない。それを少しでも貴族側に引き寄せるために爵位を与えたとするのならば、そのような高い待遇も理解できるような気がする。

（まぁ、難しいことはわからないけど）

今のミモザにとって大事なのは、とりあえずフレイヤに軽々しく扱われる心配はしなくてよいということである。全力でレオンハルトの威を借りているが、社会的地位に関してはどうしようもない。

「今日わたくし達が来たのはね、『試練の塔被害者遺族の会』についての相談よ」

その言葉を聞いてレオンハルトとガブリエルにぴりっと緊張が走った。

「試練の塔被害者遺族の会？」

その不穏な様子とあまり聞き慣れない単語にミモザは首をひねる。

「ええ、聞いたことない？」

「えっと、確か……、言葉の通り試練の塔でご家族をなくした方々の集いですよね？」

新聞などで見たことのあるなけなしの知識をなんとか引っ張り出す。それにレオンハルトは顔をしかめた。

「言葉の通りではない」

「え？」

「被害者などは存在しない。試練の塔への挑戦は本人の意思であり自己責任だ。挑んだ結果命を落としたとしても彼らは決して被害者などではない。自身の力を試し未来を切り開くために挑んだ者を、しくじったからと言って『被害者』などと呼ぶのは彼らに対する冒涜だ」

「けどまぁ、残されたご家族としてはそれじゃあ納得できないのよねぇ」

フレイヤは困ったようなポーズを取った。

「彼らはこれ以上犠牲者を出さないために試練の塔は閉鎖するべきだと主張しているの。国としては優秀な精霊騎士を輩出する機関として試練の塔の運用は必要だと考えているし、国民達もそこにいる聖騎士様の人気のおかげでその意見に賛同する人はまずいない。『保護研究会』を除いてね」

「ええと……」

新たに追加された名前にミモザは戸惑う。そんな弟子のていたらくにレオンハルトは盛大なため息をついた。

「保護研究会は試練の塔の保存を目的としている集団だ。学術的な観点での保存をしたい人間や単純に女神の作った物を踏み荒らす行為は認められないと言う人間などが所属している。まぁ、こっちは過激派以外は放っておいて構わない」

「過激派」

「主張を通すためにテロを行う奴もいる」

なんともぞっとしない話だ。

「どうして放っておいてもいいんですか？」

テロ行為を行わないにしても試練の塔に人が入らないようにしたいと思っている団体なのだ。ミモザには騎士団とは敵対しているように思える。

「影響力が少ないからだ。だいたいの人間にとって彼らの主張はメリットがないし関わりがない。つまり共感できない」

確かに研究のために保護したいとか、信仰上の理由で保護したいと言われてもいまいちピンとこない。なんというか極端なことを言うものだなぁと他人事のように思ってしまう。

「けど被害者遺族の会は厄介なのよ」

「厄介？」

フレイヤは頷いた。

「ご身内が亡くなられたから他の被害者が出ないように立ち入りを禁止したいって言われたら、大抵の人は反論が難しいいんじゃないかしら？」

「まぁ、要するに心情に訴えてくるんだな。同情する人間も多い」

ガブリエルが続きを引き取った。フレイヤはそれが不愉快なのかガブリエルを睨む。

なるほど、とミモザは頷いた。確かにそれは厄介だ。

「彼らの主張はあまりにも極端過ぎる。試練に挑んだ者が亡くなったから試練の塔を封鎖するというのは、自らの意志で騎士になった者が殉職したからといって騎士団そのものを廃止しようと言うのと変わらない。こちらだって無駄死にさせたいわけじゃない。だから試練の塔にはセーフティとして年齢制限やレベルの制限を設けて、資格のない者は入れないように規制しているんだ」

憤懣《ふんまん》やるかたないといった様子でレオンハルトは話す。

「そもそも試練の塔は国防に携わる人間の育成に貢献している。そのおかげで才能のある人間が貴賤を問わず出世できるシステムが実現しているんだ。それに観光資源にもなっているし塔への入場料を利用して保全や管理を行っている。塔への出入りを禁止すれば莫大な資金源の喪失と経済活動の停滞、失業者と収入格差を生むことになる」

それこそ貧困状態から試練の塔を利用し聖騎士まで登りつめた実例の男はそこまで言って嘆息した。

彼がここまで饒舌なのは珍しい。

「百害あって一利なしってことですか」

「その通りだ」

「でも理屈じゃなく感情でそれが受け入れられないのもまた人間ってね」

ガブリエルは手をひらひらと振る。

「で？　そんな今更な話をしにきたわけじゃないんだろ？」

「もちろん」

フレイヤは懐から紙を取り出した。

「最近彼らの勢いがすごいのは知ってると思うんだけど、こういうコラムがこれから出る予定でね」

彼女達はオルタンシア、ガブリエル、レオンハルトそれぞれにその紙を渡した。三人ともその内容に目を通して難しい顔を作る。

「これは……」

「知り合いの記者に写しをもらったの。これが世に出るのは明後日」

「差し止めは……、難しいだろうなぁ」

「ええ、書いた本人が希望するならともかく、わたくし達には無理でしょう」

ミモザがレオンハルトの袖をちょいちょいと引くと彼はその紙を見せてくれた。

そこに書かれた内容は一人の娘を失った母親の悲痛な叫びだ。その文章はとても洗練されていて感情が伝わりやすく、ミモザですら読んでいて涙が滲み出そうだった。

「勢いが加速するかも知れないわ」

フレイヤは言った。

「ただの杞憂ならば良いのだけど、念のため対応を統一しておきたいのよ。手元にあるのはこれだけなんだけど、連続企画のようなのよね。これの仕掛け人はとても教養があって裕福な方みたい。やり方によっては嵐が起こせるわ」

「なるほど、お話はよくわかりました」

オルタンシアは細い目をさらに細めて頷いた。

「正直できるのは微々たることですが、彼らの心情を思うとこれ以上傷ついて欲しくはありません。誠意ある対応をしていきましょう」

この言葉を意訳するならば「被害者遺族の会を刺激しないように、うまいことうやむやにできる対応を考えましょう」と言ったところだろうか。

フレイヤは「さすがはオルタンシア様、話が早くて助かります」とにっこり笑った。


ミモザにとっては苦痛な小難しい話が終わり、ぐったりと部屋から回廊へと出る。

(疲れた……)

ミモザは会議に参加せず話を聞いていただけだが、それでも精神力がごりごりと削られるやりとりであった。

さっさと立ち去るレオンハルトの背についていこうと足を踏み出したところで、

「ミモザさん」

呼び止められて振り向く。声の主は爽やか少年ことジーンであった。

彼はミモザの不思議そうな視線ににっこりと笑うことで答える。

「今日はありがとうございました。あなたのような素敵な金髪美少女の方に出会えてとても貴重な一時を過ごすことができました」

「はぁ……」

（金髪美少女……？）

その謎の名詞と彼が一体何を言いたいかがわからずミモザは戸惑う。それに彼は苦笑した。

「まいったなぁ、慣れないことはするもんじゃないですね。一応これ、口説いてるんですけど」

うん？　とミモザは首をひねる。『口説く』という単語の意味がミモザの中で急に行方不明になった。彼は少し困ったように頭をかく。

「そうですね、あなたにはこう言った方がいいかな。……また今度時間があるときにでも、よければ手合わせを」

「……えーと、嫌です」

視線を泳がせてミモザはなんとかそれだけを返す。非常に気まずい沈黙がその場に落ちた。

「な、なんでですか？」

「ええと、たぶん僕、勝てないので」

「やってみないとわからないじゃないですか！」

「うーん、だって、手合わせって試合ってことですよね」

ミモザは考え考え言葉を話す。

「え、は、はぁ」

彼は戸惑っている。ミモザは困ったように続けた。

「殺し合いじゃないと、勝機がないです」

「…………」

「どーいう教育してんだ、お前」

二人の会話に見かねたガブリエルがレオンハルトをこづく。それにレオンハルトは鼻を鳴らした。

「非常に適切な教育をしているとも」

そのまま褒めるようにミモザの頭を撫でる。

「勝ち目のない戦はするなと教えている」

「試合は勝てねえのに殺し合いは勝てるって？」

「少しでも勝率を上げるのに有効なのは相手を自分の得意な土俵に引き摺り込むことだ。公正なルールのある試合ではそれは難しいと判断したんだろう。とても適切な判断だ」

「ねぇあなた、やっぱりわたくしの弟子にならない？　この際この男以外ならそこにいるおじさんでもいいと思うの」

「えーと……」

真剣な表情で親身にフレイヤにそう諭されて、ミモザは我が身の境遇がそんなにヤバいのかとちょっと悩んだ。

第七章　ショートカットとラピスラズリ

レオンハルトから見て弟子であるミモザはバカである。

いや、決して頭が悪いわけではない。ないのだが、なんというか行動がバカだ。

(何をやっているんだ、一体……)

窓からは爽やかな早朝の光が差し込んでいた。小鳥はピチュピチュとかなんか楽しそうに鳴いている。

実に麗しい朝の光景だ。

目の前にぶら下がる大量の謎の黒いぼんぼんと、それを脚立に座って黙々と量産する弟子の姿がなければの話である。

レオンハルトは自らの寝室の惨状を見てベッドの中で盛大にため息をついた。

「何をやっているんだ、君は」

「あ、おはようございます」

師匠の目覚めに気づいた弟子は嬉しそうに目を細めて笑う。小首をかしげて振り返った拍子に髪が揺れて柔らかなハニーブロンドが陽の光を反射した。

その光景はたいそう良い。

見た目だけは一級品の弟子がとても美しいのは眼福で素晴らしいのであるが。

「何を、やっているんだ、君は」

レオンハルトは再度ゆっくりと区切りながら弟子に問う。

それにああ、と軽くうなずくと彼女は実に真剣に自明の理を語るがごとく堂々と告げた。

「おまじないです」

レオンハルトはすんでのところで舌打ちを飲み込んだ。

それなりに出来のいいはずの弟子はどうにもこの『おまじない』とやらに傾倒しており、時々こうしてレオンハルトには理解しがたい珍妙な行動にでる。

(業務に従事している間は問題ないのだが)

ため息と共に掛け布団をどけ、ベッドに腰掛けた。

彼女はレオンハルトの指示には忠実だ。修行だって真面目にこなす。しかしちょっと放っておくとこれである。

「今度は一体なんのおまじないだ」

「幸運のおまじないです」

「幸運?」

「はい」

美しい弟子は楚々と近づいてくるとレオンハルトの髪を丁寧にすきながら、本日の服を示してみせた。

向かって右側は私用の際に着る礼服、左側はいつもの正装である軍服である。

二つ並べてハンガーにかけて提示されたそれを見て、今日は再び教会へ行かなくてはならないことを思い出しレオンハルトは向かって左側を無言で指し示す。それに彼女は軽くうなずくとその服を手に取り着替えを手伝い始めた。

問題ない。本当に、業務に従事している間は実に文句のつけようのない仕事っぷりである。

『おまじない』さえなければ。

こんな非合理的なことはやめろ、と一刀両断しようとしてレオンハルトは口を開き、

「レオン様の今日がきっと良い日でありますようにと思いまして」

すんでのところで口をつぐんだ。

これである。

これのせいで未だにレオンハルトは弟子の奇行をやめさせられないのであった。

ミモザはそんなレオンハルトの心中など察さずテキパキと準備を進めている。最後の仕上げにハンカチをそっとポケットへと入れられた。

「…………」

レオンハルトは知っている。そのハンカチにもびっしりと『おまじない』の文言が刺繍されていることを。

もはやその犠牲者はレオンハルトの所有するハンカチの八割を超えていた。十割に達する日も近いに違いない。

（まぁ、誰が悪いかと言えば俺が悪い）

一言やめろと言えばやめるのだ、ミモザは。

ハンカチにしても一応刺繍をする際に報告は受けていた。その時に咎めなかったレオンハルトの責任である。

まぁ別に大して困ることもないし、と内心で言い訳をする。

せいぜいがハンカチを人に見られた際に気まずい程度のことである。

食事の支度をしに食堂へと足早に向かうミモザの後ろをゆっくりと歩きながら、レオンハルトは今日のハンカチを取り出して眺めた。

そこには古代語で『どうか風も波も日の光も、あなたに優しくありますように』という祝詞《のりと》が丁寧に刺繍されていた。


教皇の執務室の窓からは柔らかな光が差し込んでいた。それは女神の描かれたステンドグラスを優しく照らし出し、色のついた光を地面へと映し出す。

「申し訳ありませんね、レオンハルト君。連日呼び出してしまいまして」

「いいえ」

レオンハルトは優しく微笑むオルタンシアに簡潔に首を横に振ると報告書を差し出した。彼はそれを受け取り中身をパラパラと見ると「確かに」と頷く。それは昨日ミモザが行った野良精霊退治の報告書であった。昨日教会を辞した後にわざわざ自宅まで伝令が来たのだ。いわく『報告書の提出を明日の昼までにして欲しい』と。

（まぁ、方便だろうな）

目的は別にあるのだろうとレオンハルトは察する。こんな報告書の提出など急ぐ理由が欠片もない。レオンハルトと二人きりで話したい用事があったのだろう。

レオンハルトとオルタンシアはそれなりに長い付き合いである。レオンハルトがまだ騎士ではなく精霊使いであった頃、その才能を見いだし騎士になるようにと勧めたのがオルタンシアなのだ。

興味がなさそうに、しかし一応用件を聞くために立ち去ることをせずその場に留まるレオンハルトに、彼は苦笑した。細いすみれ色の瞳がきゅっと更に細まる。

「そう嫌そうな顔をしないでください。まぁ怒られそうな気はしていますが」

「そんな、俺があなたに怒ることなどありえません」

レオンハルトの優等生然とした返事にオルタンシアは気まずげに頬をかいた。

「これを見てもそう言えますか？」

どさどさどさ、と音を立てて机に分厚い冊子のようなものが積まれる。目線で中を確認してよいかを尋ねるとオルタンシアは「どうぞ」と手のひらを向けて促した。

レオンハルトは一番上に積まれた冊子を開ける。

すぐに閉じた。

一応他の用件も混ざっていないかと一縷の望みをかけて他の冊子の中身も一通り確認する。

「オルタンシア聖下」

「ふふふ、いやぁ、申し訳ありません」

怒られそうなどと言っておきながら、その顔に浮かぶ笑みはどこか楽しげだ。

「お見合い、受けていただけませんか？」

「お断りします」

間髪入れない返答だった。そのままレオンハルトはすばやく身を翻す。

「では俺はこれで失礼します」

「いやいやいやいやいや、待って待って待って待って待って」

オルタンシアは慌てて身を乗り出すとレオンハルトの服の裾を掴んだ。

「頼みますよ、話だけ、話を聞くだけでいいですから」

「ひとまず聞きましょうか。どういった理由があって俺にこれを？」

オルタンシアは真面目な顔になった。そのまま深刻そうに手を組んで告げる。

「いやね、結婚をすることで君の生活にも張りとゆとりと充実感が――……、待って待って待ってください、まだ帰らないで！」

レオンハルトはとりあえず足を止めると痛む頭を抑えてため息をついた。

その息は重々しい。

「そのような気遣いは不要です。ご存じでしょう。俺はそういったことが不得手だ」

「まぁそれは知っていますが、こういうのは慣れだと思うのですよ。それに正直、誰かを選ばねば今の面倒な状態はずっと続きますよ」

『面倒な状態』の心当たりにレオンハルトは危うく舌打ちをしそうになる。自宅の執務室には貴族の令嬢からの縁談の打診や交流会の誘いが大量に積んであった。そのレオンハルトの反応にオルタンシアは苦笑する。

「君には貴族より平民の女性の方が合うと思うのです。ですので、教会騎士団の女性騎士はどうかと」

「…………」

貴族がレオンハルトを取り込みたがっているように、教会側もレオンハルトを引き込みたがっている。正直レオンハルトはオルタンシアのことは仕事人として尊敬している。とても優秀な方だ。これまで色々と世話になったこともある。だから教会寄りのスタンスを取っているという部分もあるのだ。しかしそれとこの話は別である。

レオンハルトは、自身が誰かから愛されているという確信を得たことがない。

幼い頃に一度カーラからは愛されているのではと思ったことはあった。しかし彼女は結局自分と自分の息子のためにレオンハルトのことを切り捨てた。それを責めるつもりはない。実に適切な対応であったと思う。レオンハルトが逆の立場であったなら迷わずそうするだろう。しかし彼女とレオンハルトの関係性がその程度であったことは確かな事実である。

好意を伝えられたことはある。情熱的に求められたことも尊敬されたこともある。しかしそれは全てレオンハルトの持つ能力と地位、名声に対するものであって、レオンハルトというどうしようもない人間に対するものではなかった。

今回の釣り書きの女性達も同様だろう。もしかしたらレオンハルトがこういう人間性の持ち主であることを知らず、聖騎士として愛想良く振る舞っている時の姿しか知らない可能性もある。そんな人間が妻としてそばにいるなど全くもってぞっとしない話だった。

もしレオンハルトが怪我や病気で役立たずになった時、きっとそばには誰も残らないだろうとレオンハルトは確信している。それはしょうがないことだ。だってレオンハルトにはそういう人間関係しか築けないのだ。

人と関わるのは疲れる、相手の都合に合わせるのは時間がもったいない、腹を割って話すなど気持ちが悪い。

そんな人間を大切に思う人などいない。

（いや、もしかしたら……）

彼女ならば違うだろうか。レオンハルトのことを好きと言った少女。泣きそうな顔で恩人だと言った。役に立ちたいと言い、いまだに挫けずレオンハルトについて来て、レオンハルトがどんな態度を取ろうが失望するそぶりを見せない彼女ならば。

レオンハルトはハンカチの入ったポケットを無意識に握りしめる。

彼女ならば、レオンハルトが役立たずになった後もそばに居続けてくれるだろうか？

（愚かな思考だ）

レオンハルトは自身のあまりにもらしくない考えに頭を振る。

「申し訳ありませんが、あなたの頼みでもこのような話は受けられません」

「……そうですか」

深く自分の思考へと潜り込むようにしながら少しうわの空でそう告げるレオンハルトのことを、オルタンシアは探るような冷静な眼差しで見つめていた。


「君の服を買いに行くぞ」

仕事から帰ってすぐにレオンハルトはミモザにそう告げた。

そのために今二人は喧騒の中、街を歩いていた。レオンハルトは行き先がもう決まっているのかすたすたと迷いなく歩く。

(服か──……)

先日だめにしてしまったが、着替えくらいは当然持っている。別にそんなに焦らなくても、と呑気に構えるミモザに「ここだ」とレオンハルトは足を止めた。

「……え?」

明らかにミモザのような人物は門前払いされそうな高級そうな店がそこにはそびえ立っていた。


「いらっしゃいませ、ガードナー様」

「服を用途に合わせて一式揃えてもらいたい」

「かしこまりました。こちらのお部屋へどうぞ」

なんと個室である。通された部屋は普通に広く、そこに次々と服が運び込まれて来る。部屋にはソファとテーブルがあり紅茶を出されたが、ミモザはそこに座ることもできず立ったままぽかんとその光景を眺めていた。

「ミモザ、座れ」

「れ、れれれれレオン様、これは……」

「服を見に行くと言っただろう」

その不思議そうな表情を見ているとなんだかおかしいのは驚いているミモザのような気がしてきてしまう。

(いや、そんなわけない)

ぶんぶんと気を取り直すようにミモザは首を振る。

「レオン様、僕お金ないです」

昨日もらった三万コロネはあるが、それ以外はほとんど母親に送ってしまっている。

「俺が出すから問題ない」

「も、問題です。出していただく理由が……っ」

言いかけるミモザをレオンハルトは手で制した。

「これは必要経費だ」

「必要経費」

「ああ」

彼は頷くとソファへと深く腰掛け優雅に紅茶を口に運んだ。

「昨日のように服がダメになることなどこれからざらにある。騎士団では制服は当然支給される。うちの屋敷の使用人の制服も同様だ。それと同じで君を管理する立場にある俺が服を支給するのは当然のことだ」

「な、なるほど……?」

確かに仕事を任されるたびに服をダメにしていてはミモザはそのうち破産してしまう。しかし、

「高そうなお店ですよ」

部屋に並べられた調度品を見て恐ろしくなる。どうせ汚れるなら汚しても罪悪感を抱かない価格帯の品にして欲しいものだ。

「安物だといざという時に足を引っ張られるからな」

「足を引っ張られる?」

「環境に適応できないとそれだけで体力を消費する。例えばいつも俺が着ている教会騎士団の制服はチソウ鳥の羽で織られた布でできている」

「はぁ」

よくわかっていないミモザにレオンハルトはちらりと目線だけを流す。

「丈夫で軽い。羽に空気を含んでいるから寒い地域では暖かいし、暑い地域では通気性がいいので蒸れない。そして高級品だ」

「なるほどー」

つまり戦うのに快適な服装を用意したいということのようだ。

「ここはチソウ鳥でできた服を取り扱っている。安い店ではまず見ないからな」

「ええと、ありがとうございます」

そわそわと相変わらず店の高級感に落ち着かない気持ちになりつつ、とりあえず事情に納得がいったのでミモザもレオンハルトの隣へと腰を落ち着ける。

「それにしてもチソウ鳥？　って初めて聞きました。そんな鳥どこに住んでるんですかね」

「過酷な環境にいることが多い鳥だからな。外敵の少ない環境に適応するために優秀な羽毛に進化したんだろう」

なるほどー、と再び頷いてミモザは恐る恐る目の前に置かれた紅茶を一口飲む。よくわからないが高級そうな味がする。

「ちなみに名前の由来は過酷な環境に踏み入って餓死しかけた人間がその鳥を見つけて『ごちそうだ！』と叫んだというエピソードだ。焼いて食うと美味い」

「か、可哀想」

まさかの由来だった。

「羽はむしられるわ食べられるわで散々ですね」

「まぁな」

「ガードナー様、準備が整いました」

くだらない話を特に笑いもせず続ける師弟に、店の人間が営業スマイルで声をかけた。

「どれがいい？」と尋ねられた。店員もにこにこと笑って「お嬢様は大変お綺麗ですのできっとどれもお似合いですよ」とお世辞を言ってくる。

「えーと、どれがいいですかね……」

目の前にはずらりと色とりどりの服が展示されている。それこそ清楚な物から派手な物、シンプルな物から着るのは勇気がいりそうな凝ったデザインの物まで様々だ。ついでに服以外のアクセサリーや小物のようなものまで置かれている。人間選択肢が多過ぎると決められなくなるものらしい。というか田舎のおばあちゃんがやっているような服屋にしか行ったことのないミモザにはあまりにもハードルが高すぎた。

「好みはないのか」

「好み……」

随分と久しぶりな気がする質問にミモザは戸惑う。ちらりと目線を走らせた先には可愛らしい花や貝殻などをかたどったネックレスやイヤリング、髪飾りがあった。

（可愛いのがいいと言ったら呆れられるだろうか……）

もごもごとしているミモザに「こちらなどはどうでしょう？」と店員のお姉さんが助け舟を出してくれた。勧められたのはシックだが所々にワンポイントでレースや花の飾りのついた可愛らしい白いワンピースだ。

これまでそういった女の子らしい服に飢えていたミモザの目はそのワンピースに釘付けになる。

「ええと」

それが欲しい、と口にする前に、

「いや、それはダメだな」

とレオンハルトが却下した。ガンッとミモザは頭に重しが乗ったような感覚に陥る。

「だ、だめですか」

思わず声が震える。そんなミモザの様子にレオンハルトは怪訝そうな顔をしつつ「ああ、ダメだ」と断定した。

「スカートだと戦う時に動きずらい。ズボンに合わせられるものがいい」

ミモザの目が点になる。

（そりゃそうだ）

そりゃあ、そうだ。戦うのに都合が良い服を探しに来たのだ。

「えっと」

「そうだな、装飾がどこかに引っかかると困るから装飾のなるべくないものでシルエットの隠れるものにしてくれ」

「シルエットですか？」

首を傾げるミモザにレオンハルトは頷く。

「内側に防具を付けているだろう。それがわからないような物の方がいい」

「確かに」

ミモザも頷く。レオンハルトも同様だが、服の内側にミモザは薄い鎖かたびらのような防具を付けている。一応肩や胸あたりにもプレートのような物を仕込んでいる。それが隠れる服の方が見た目的にいいだろう。

「それに君のその鍛えた体格も隠した方が都合がいいしな」

「え？」

「君の容姿は相手の油断を誘える」

にやり、と悪どい微笑みを浮かべる。しばし惚けた後、その意味を理解してミモザも同調するようににんまりと笑った。

「できるだけ油断を誘えるような子どもっぽい服装にしましょうか」

「そうだな、まぁ年齢相応に可愛らしい服がいい。なるべく争いごととは無縁そうな印象を与えたい」

二人してふふふ、と笑い合う。

「相手を油断させて不意打ちできるような？」

「相手が君をあなどって手を抜くような」

勝負が始まる前から自分に有利な状況を整えるのは大事なことだよ、とレオンハルトは囁いた。

結局服はチソウ鳥の羽毛で編まれた少し丈が長くゆったりとした白いパーカーに黒のショートパンツを合わせたスタイルになった。黒いタイツも今まで同様に履くが、所々に針金のように細い金属を織り込んだ物になっていて強度が増している。

ミモザは新しい服を着てくるりと一回転する。トップスはシンプルなデザインだが袖口に黒い糸で花の刺繍が施されており可愛らしい印象を与えるものだった。ズボンなのは相変わらずだが、いままでのただただシンプルで男の子っぽいだけだった服装とは雲泥の差である。

「よく似合っている」

レオンハルトは頷く。それに「えへへ」と笑ってから照れを誤魔化すようにミモザは「そういえば」と呟いた。

「なんだ?」

「えっと、変な質問なんですが、このパーカーとかっていつからあるんですかね」

そう、実はこの世界、服だけでなくちょくちょく現代にあるような代物を見かけるのである。

レオンハルトは「なぜそんなことを気にするのか」という顔をしつつ「さあ」と首を捻った。

「パーカーでしたら確か今から百五十年ほど前にできたと言われていたはずですよ」

その時控えていた店員さんが答えをくれた。

「百五十年前?」

「ええ、当時有名な発明家であられたハナコ様が作り出した物です」

(花子……)

明らかに日本人の名前である。これはおそらく、

(異世界チートだ)

百五十年前に日本人が今のミモザと同じように異世界転生でもしたか、あるいは異世界転移でこ

の世界を訪れて日本の文化を輸入したのだろう。

「これもそうなのか」

「はい。ハナコ様は機械から食品に至るまでありとあらゆる物を発明いたしておりましたから」

「あのー、花子様って……」

共通認識のように会話が進むのに、恐る恐るミモザは尋ねる。それにレオンハルトは意外そうな顔をした。

「知らないのか？」

「えっと、すみません」

「歴史的な偉人だ。彼女により百年近く文明は進んだと言われている」

（でしょうねー）

パーカーを知っている時代の人物が百五十年前に現われたのだ。高度な知識と発想で産業革命も真っ青な一大ムーブメントを起こしたに違いない。

どうりで生活しやすいはずである。

「フルネームはハナコ・タナカと言う」

「う、嘘っぽい……」

『田中花子』はさすがにパーカーの売られている時代には少ない名前だろう。いや、それとも本当に本名だろうか。

「うん？」

「あ、えっと、なんでもないです」

「興味があるなら国立博物館に展示があったと思うが……」

「あ、大丈夫です。全然、全然」

「そうか？」と怪訝そうにしつつレオンハルトは紙袋を渡してきた。思わず受け取ってからミモザは首を傾げる。

「これは？」

「うん？　気に入ったんだろう？」

それだけを言うとレオンハルトはさっさと店外へと向かってしまった。どうやらもう会計は済んでいるらしい。紙袋の中身を見ると、それは最初に店員に勧められた白いワンピースだった。

「レオン様！」

「これっ！」

慌ててミモザは追いかける。

「仕事以外の時に着ればいい」

「えっと」

言葉に詰まる。結局なんと言ったらいいかが分からず、紙袋を抱きしめるとミモザはなんとか
「ありがとうございます」と声を捻り出した。

「ええと、その……」

けれど他にも何か言うべきことがある気がして、店を出たところで立ち止まる。レオンハルトは

怪訝そうに振り返った。

「ミモザ？」

「あ、あのっ！」

勢い込んで声を上げたもののそこから先の言葉が出てこない。紙袋を抱えてまごつくミモザに、レオンハルトは一歩近づくと手を伸ばし、その短い髪を一房、指先でつまんだ。

「レオン様……？」

「君は、髪は伸ばさないのか？」

戸惑うミモザに感情の読めない瞳でレオンハルトはそう訊ねた。ミモザは気まずい話題にうっと更に言葉を詰まらせる。

「な、なんでいきなりそんな……」

「いや、少し気になってな。先程の店で髪飾りを気にしていただろう」

「………っ」

ミモザの顔がかっと熱を持ち赤く染まる。見られていたのかと思うと恥ずかしくてたまらなかった。

さぞや物欲しげな顔をしていたことだろう。

長い髪に憧れがないとは言わない。しかし髪を伸ばした自分を想像する度に思い出してしまうのだ。

周りの人に「お姉ちゃんの真似？」と笑われたことを。

きっと姉のステラと同じような格好をすればするほど、周りにはミモザがステラに憧れているのだと誤解される。それは耐えがたいことだった。

買って貰ったワンピースも、もしかしたらミモザは着れないかもしれないな、とぼんやり思う。これも着たらきっと『真似』になってしまう。

「ミモザ？」

うつむいて黙り込むミモザにレオンハルトは怪訝そうに声をかけた。それにミモザはうつむいたまま「えっと」となんとか声を出す。

「その……、あ、姉の真似になってしまうので……」

もごもごとレオンハルトへと答えた。それに彼は思案するように顎に手を当てて首を傾げる。

「いや、よくわからんな」

「……ぐっ」

（そりゃあそうでしょうね！）

自身の葛藤を一言で切って捨てられてミモザはやさぐれる。

誰かと比較などされたことのない、比較されたとしても『不出来な方』として語られたことなどないであろうレオンハルトには想像もつかないのだろう。

（くそぅ、天才め……）

レオンハルトは何一つとして悪くないが、思わず涙目で彼のことを睨み上げようとした時、ミモザの耳に何かが触れた。

「…………っ」

「よくわからんし、つまらない理由だ」

触れたのはレオンハルトの手だった。そしてそれとは別に冷たい金属のようなものが耳たぶに触れている。

「だからそうだな、次からはどうせなら、『気に入っているイヤリングがよく見えるように髪は伸ばさないのだ』ということにでもしておけ」

驚きに見開いたミモザの青い瞳と、したり顔で微笑むレオンハルトの金色の瞳が合わさった。しかしそれは一瞬の出来事ですぐにレオンハルトは身を翻して歩き出してしまう。

「えっと……」

ミモザは自らの耳にぶら下がったそれを思わず手に取ってまじまじと見る。それは菱形をした青い石のついたシンプルなデザインの金色のイヤリングだった。石はラピスラズリだろうか。深い青色をして角度によってきらきらと微妙に色味を変えるのが美しい。何度かイヤリングとレオンハルトの背中を交互に見て、とりあえずイヤリングを耳につけ直すとミモザは慌ててレオンハルトのことを追いかけた。

「髪の毛長くても結わえれば見えますよ！　そっちの理由の方が変です！」

「そうだったか？」

振り向かないままレオンハルトは楽しそうにそう言った。どうやら取り合うつもりはないようだ。

なんだか今日はいやに機嫌が良いなと自らの師匠を不審がりながらも「でも、ありがとうございます」とミモザは小さくその背中に告げた。

（ワンピースも、着れるだろうか……）

だってミモザが髪を伸ばさない理由は『姉の真似になってしまうのが嫌だから』ではなく、『お気に入りのイヤリングが隠れないように』なのだから。ワンピースだって『お気に入り』なら着たって別に構わないだろう。

（いつか、着れるといいなぁ……）

耳を飾るイヤリングを指で揺らす。その時に指先が髪の毛先をかすめた。いつもは気になるその短さも、今はちっとも不快ではない。

自分のショートカットの髪型を、ミモザはその時初めてなかなか可愛いんじゃないかとそう思った。

第八章　第四の塔立てこもり事件

「聖騎士様でいらっしゃいますか？」

その声は大通りを進み、レオンハルトの屋敷の近くまで戻ってきたところでかけられた。二人はちょうどその時帰ったら何を食べるかという話題からそれて、交互に思いついた料理の名前を挙げていくという謎の暇つぶしをしながら並んで歩いているところだった。

振り返るとそこには上品そうな身なりをした少し年嵩の女性が立っていた。彼女はブラウンの髪をしっかりとお団子に結い上げて黒い服に身を包んでいる。

まるで喪服のようだ。

レオンハルトは突如現われた横槍に興がそがれたように鼻白んだ後、不審げに眉をひそめた。

「いかにもそうですが、あなたは？」

「私はジェーンと申します」

その名前を知っている気がしてミモザは首を傾げた。しばし考えて、それをどこで『見たのか』を思い出して唖然とする。

「少しお時間をよろしいでしょうか」

彼女は試練の塔被害者遺族の会の話の時に見た、試練の塔を封鎖して欲しいというコラムを書いた張本人であった。

夜の帷《とばり》も下り、月の光が室内にこぼれ落ちてきていた。貴重な蝋燭をいくつも燃やし室内は煌々と照らされている。寝室のベッドであぐらをかき、酒の入ったグラスを傾けながらレオンハルトは、——超絶不機嫌だった。

(どうしようかなぁ)

すぐに空になったガラスに酒を注ぎながらミモザは無言で困る。こうなった原因については、話を昼頃にまでさかのぼる必要があった。


「少しお時間をよろしいでしょうか」

「かまいませんよ。俺になんの用事でしょうか?」

そう声をかけたジェーンという女性に、レオンハルトは周囲をちらりと目線だけで流し見るとすぐに笑顔を作って鷹揚に頷いた。

(猫かぶりモードだ)

随分と久しぶりに見た気がする。周りを見渡すとなるほど、通行人や近くのカフェにいる人などがこちらを見ていた。ついでにあれは記者だろうか、こちらに隠れているつもりなのかさりげなくメモ帳にペンを走らせている人もいる。レオンハルトは背も高く非常に目立つため、衆目に晒される場所ではあまり素っ気ないこともできないらしい。

「私は試練の塔被害者遺族の会の者です。最近娘を亡くしまして入会いたしました。エリザ、いいえ、あなたにはわからない話なのでそのあたりは割愛させていただきますね」

「いいえ、わかりますよ。三ヶ月前に亡くなられたエリザ嬢のお母様ですね」

レオンハルトの返しに彼女は目を見張った。まさか前日に未発売のはずのコラムを読んで予習をしていたなどとは予想だにしないだろう。

彼女は思わぬ切り返しにしばし逡巡した後「では、どういった用件かはわかっていただけると思いますが」と前置きをして深々と頭を下げた。

「どうか、あなた様から教皇聖下に試練の塔閉鎖についてご進言いただけないでしょうか」

それはかろうじて疑問形を取っているが、明らかな脅しであった。

（まずいなぁ）

この状況が、である。大勢の人前で切々と訴え頭を下げる女性。要求は塔の閉鎖、盾に取られているのはレオンハルトの評判だ。これで突っぱねるような真似をすればレオンハルトが悪者である。この状況を見ると記者らしき男は実は仕込みではないかと勘ぐりたくもなる。

（レオン様に泥を被らせるわけにはいかない）

幸いなことにミモザは公的な立場を持たない人間、しかも子どもである。ミモザの監督責任を問われることはあるかも知れないが、それでもレオンハルト自身を追及されるよりは遥かにマシだろう。

ミモザは一歩前に出ようとして、ぐっとレオンハルトに押し留められた。思わず彼の顔を見ると余計なことはするなと言わんばかりに睨まれる。

大人しく一歩下がる。それを確認するとレオンハルトはその場に跪《ひざまず》き、女性の手をうやうやしく取った。

「ご心痛、お察しいたします」

「それじゃあ」

要望が通ったのかと顔をあげた女性に、レオンハルトは痛ましげな表情でゆっくりと首を横に振った。

「本当に、なんとお詫び申し上げればいいか。俺が助けに行ければ……、すべてこのレオンハルトの不得の致すところです」

「えっと……」

戸惑う女性の手を一際強くぐっと握りしめ、彼は女性の顔を真摯に見つめた。

「俺はできる限りすべての人を助けたいと思っています。しかしこうして力の及ばないことが未だにある。きっと今後もゼロにはならないのでしょう。しかし必ず！　精進を重ね、このような不幸な事故を減らしてみせるとお約束いたします！」

その演説に周囲からは「おおっ！」と歓声が上がる。

（うわぁ）

稀代の詐欺師である。目には目を歯に歯を。レオンハルトはあっさりと話題をすり替え、それどころか周囲の民衆を使ってあっという間にその場の空気を変えてしまった。

この空気では「自分のせいで助けることが出来なかった」と自分を責めるレオンハルトに下手に言い募れば、悪役になるのは今度は女性の方だろう。

「ええっと、その、私は……」

このような切り返しは想定していなかったのだろう、女性は言い淀む。それにレオンハルトは何かを察したように頷いてみせた。

何を察したのかはきっと誰にもわからない。

「ジェーン様、どうか俺に挽回のチャンスをください」

「えっと」

戸惑ったジェーンはわずかに身体を揺らした。それを勝手に頷いたと受け取って、レオンハルトは「ありがとうございます！」と感極まった声を出し彼女を抱きしめる。

「必ず！　あなたのその慈悲に報いてみせます！　必ず！」

そこで身を離すと彼女を真っ直ぐに見つめる。

「次は救ってみせます」

その言葉に周囲から拍手と歓声が起こる。レオンハルトの真摯さを讃えるその場所で、ジェーンはその空気に呑まれたように「き、期待しているわ」と口にすると逃れるように足早に立ち去ってしまった。


そして現在に至る。昼間に感動的な大演説を繰り広げた当人は、だらしなく布団の上に酒とつまみを持ち込んでヤケ酒をあおっていた。ちなみにこれは今日が特別行儀が悪いわけではなく、いつもの晩酌のスタイルである。平民出身でそれなりに貧困層であったレオンハルトは椅子ではなく地べたに座っている方が落ち着くらしい。地べたでなくベッドであるのがきっと彼なりの精一杯の配慮なのだろう。

「昼間は機転の利いた切り返しでしたね」

とりあえず褒めてみた。

「ああいう場合は下手に空気を読まないほうがいいんだ。君も覚えておけ」

「はぁ」

ミモザには覚えていたところで到底実行できそうもない手段だ。そしてレオンハルトの機嫌は悪いままだ。

(どうしようかなぁ)

こういう時はジェイドは当てにならない。基本的には有能で困った時に頼るとなんでも解決してしまう彼だが、使用人という立場ゆえなのかレオンハルトに対してはだいぶ及び腰である。まぁ気持ちはわからなくはない。ミモザも最初の頃はレオンハルトの機嫌が悪いとひたすらに怯えていたものだ。

(こういう時は仕方がない)

うん、と一つ頷くとミモザは……、黙っておくことにした。

こういう際にミモザにできることはあまりない。ひたすら給仕役に徹し、レオンハルトが話し出したらその話を傾聴するのみである。

時間はかかるが結局それが一番良い解決策である。

「まったく理解できん」

しばらく無心でお酌をしていると、ぽつりとレオンハルトはそう溢《こぼ》した。

「なぜ試練の塔を閉鎖したがるのか。そんなことをしたところで亡くなった娘は帰ってこない。ましてや彼女の娘は第五の塔に挑むほどの胆力と技量のある人だぞ。そんな女性が試練の塔の閉鎖を喜ぶとはとても思えん。娘の望まぬことを貫こうと努力するなど……、理解に苦しむな」

通常試練の塔は番号が小さいほど容易く、大きくなるにつれて危険度が増す。そしてその一番の境目が第四の塔からだと言われている。

つまりある程度腕に自信のある者しか第四以降の塔には挑まないものなのだ。大抵の人は第三までで止めるため、第四の塔を修めたといえばそれだけで尊敬される。エリザという女性はまさしく第四の塔を修め、第五の塔に挑み帰らぬ人となったのだ。

「僕は少し、……わかる気がします」

レオンハルトの嘆きに、しかしミモザは素直に頷けなかった。

「なに？」

彼の眉間に皺がよる。それに苦笑を返してミモザは空になったグラスに再び酒を注いだ。

「これは想像でしかありませんし、ジェーンさんには口が裂けても言えませんが、ちょっとわかる気がします。もしも僕の大切な人が亡くなってしまったら、きっと僕は助けられなかった自分を悔いて、そして今からでも何かできることはないかと模索すると思うんです」

レオンハルトが死んだら。ミモザは思う。このままゲームのストーリー通りに進めば彼は死ぬ。もしもそうなったら。知っていたのに防げなかったとしたら。

「死者にしてやれることなどない」

弾かれたように顔を上げる。見るとレオンハルトは真剣な表情でミモザを見下ろしていた。ミモザは微笑む。

「それでも、あなたが亡くなってしまったら、僕はあなたのために何かできないかときっと必死になってしまう」

レオンハルトが息を飲む。そこでミモザは自分が不謹慎なことを口にしたと気づいて慌てた。

「す、すみません！　不吉なことを……」

「いや、いい……」

何かを噛み締めるように、思いを馳せるようにレオンハルトは言う。

「続けろ」

「えーと、つまりですね。きっと亡くなったことが受け入れられないんです。だからあなたのために、何かしようだなんて不毛なことを考える」

ミモザは半ばやけくそで言葉を続けた。彼は黙って聞いている。ミモザは観念した気持ちになって全部吐き出すことにした。

「だって、あなたのためにって頑張っている間はあなたの死と向き合わなくて済みますもん。目を逸らしていられる。だって僕はあなたのために頑張っているから」

でも、と目を伏せる。

「目的を達成しても、残るのはあなたがいないという事実とそれを認められない自分だけです。だからきっと彼女も目的を果たしても、あまり報われないんじゃないでしょうか。少なくともやったーとは思わないんじゃないですかね」

「なるほど」

レオンハルトは酒をあおった。先ほどまでよりもそのペースは落ち着いてきている。

「あの、本当に僕の気持ちでしかないので、彼女もそうかどうかはわかりませんよ」

「いや、しかしその理屈ならわからなくもない。ただこれ以上犠牲を出さないため、と言われるよりも納得がいく。参考になる」

それで？　と彼は尋ねた。

「どうしたら死を受け入れられる？　参考までに聞かせてみろ」

うっ、とミモザはつまる。そこまで具体的に考えてはいなかった。

「えー、えーと、お墓参り、とかですかね……」

「なるほど？」

ミモザのしどろもどろの言葉に、彼は眉をひょいとあげて見せた。

＊＊＊

つまりそれが起こったのは、ある意味必然であったのだろう。なにせ予兆はあり過ぎるほどにあったのだから。

しかしすべての災難は最悪なことに同時に訪れたのだ。

「どういうことです？」

「そのままですよ。困ったことになりました」

連絡を受けてかけつけたレオンハルトとミモザに、沈痛そうに額に手を当ててオルタンシアは言った。

「立てこもり事件と野良精霊の大量発生が同時に起きました」

息を飲む。二の句が継げないミモザに代わり、レオンハルトは「立てこもり事件というのは？」と尋ねた。それに教皇は無言である手紙を差し出す。それはとても丁寧な犯行声明であった。

『第四の塔に長期滞在いたします。大人七名、子ども三名、計十名にて実施いたします。試練の塔被害者遺族の会』

「閉鎖しないのならば立てこもりを止める権利はない、といいたいのでしょう。まぁ実際、入場資格のある者が何日間滞在しようと規制するルールは存在しません」

「いや、大人はともかく子どもはだめってルールだったはずでしょう」

ガブリエルがうめく。それにオルタンシアは力なく首を横に振った。

「入場管理を担っている人間を脅しつけて無理矢理入ったようです。厄介なのはここで彼らに死者でも出ようものならこちらの管理責任が問われることです」

「なぜ急にやり方を変えたのでしょう?」

フレイヤが尋ねる。確かに、コラムを書いて人々の同情を引こうという最初の手段からは、随分とかけ離れた強引な方法であった。

「先日の……、レオンハルト君の件が効いているのかも知れません。彼女はレオンハルト君を取り込むのに失敗しましたから」

「それにしてもあまりにも手段のベクトルが違いすぎる」

レオンハルトの訝るような言葉にミモザも無言で頷いた。最初の戦略はなんとも慎重で自分たちに利があるように上手く立ち回っている印象だったが、今回の件はあまりに強引すぎておそらく被害者遺族の会に世間はマイナスのイメージしか抱かないだろう。

「仲間割れ、でしょうか?」

首をひねるミモザに、レオンハルトは「そうだな」と思案した。

「少なくともジェーンを陰で操ろうという人間が二人以上はいるのかもしれない。彼らはそれぞれ連携ができていないか、片方が功を焦りすぎたか」

「どちらにしろ重要なのは、このような自分自身を人質として盾にするようなテロリズムに我々は屈するわけにはいかないということと……」

オルタンシアは首を振る。

「野良精霊の討伐のほうが優先事項であるということです」

確かに自らの意思で危険に飛び込んだ者と、なんの落ち度もないのに危ない目に遭いそうな者ならば、後者が優先して守られるべきだろう。

「野良精霊の方に王国騎士団、塔の方に教会騎士団で分担して――」

「というわけにもいかないのです」

オルタンシアは眉間を押さえる。

「現在だけでも野良精霊の被害が十ヶ所以上で報告されていて数は増える一方です。両騎士団一斉にことにあたっても被害をすべて食い止められるかどうか……」

レオンハルトも難しい顔で腕を組んで考え込んでいる。ミモザはちらりと教皇の執務机の上を覗き見た。王都周辺の地図に赤い印がばらばらと点在している。これら全てが野良精霊の大量発生箇所だとしたら、確かにとても人手が足りないだろう。

「ミモザ君、行ってくれませんか？」

ふいに声が響いた。オルタンシアからの急な名指しにびくりと震える。

「え？」

その顔をまじまじと見つめるが、彼は真剣な表情を崩さない。

「両騎士団長は指示を出さねばなりませんから言わずもがな、レオンハルト君の戦力は野良精霊の方に必要ですし、英雄がテロリストの命を優先することははばかられます。しかし彼らを放置するわけにはいかない。ですから塔の方はミモザ君、君に任せられませんか？」

「……それしかないか」

レオンハルトも難しい顔でそれに同意した。

「ミモザ、別に解決する必要はない。ただすべてを片付けて俺が駆けつけるまでの時間を稼いでくれ。第四の塔ならばお前の実力でなんとかなるだろう」

「……はぁ、わかりました」

つまりミモザは彼らの用心棒をして待っていればいいのだろう。いくら塔の中が危ないとはいえ試練に挑むわけではない。能動的に動かなければ危険も少ないはずだ。

正直今回の件はミモザの目的とは関係のない話だ。卒業試験にもゲームの展開にもそこまで関わっているとは思えない。しかしレオンハルトから頼まれてはミモザに断るという選択肢はない。

(下見くらいにはなるかな……)

三年後には精霊騎士を目指して塔を攻略しなくてはならない。ゲームの記憶があるとはいえ断片的にしかないミモザとしては、一度ここで試練の塔を見ておいてもいいかも知れない。

「それなら、僕も行きます」

そんなことをぼんやり考えていると、その思考を裂くように声が上がった。

爽やか少年ことジーンだ。彼はミモザににこりと笑いかけると、

「戦力は多いに越したことはないでしょう」

と同意を誘うように頷いてみせた。

(うーん……)

その言葉にミモザは困ってレオンハルトの顔を見る。彼は無言で首を横に振った。薄々わかってはいたが、どうやらレオンハルトは基本的に教会寄りのスタンスらしい。

「申し訳ありませんが……」

案の定、オルタンシアは申し訳なさそうに首を横に振った。

「なぜですか！」

「塔に一度に入れる入場人数には制限があるのです。第四の塔は十二人が上限です。これは我々が決めたものではなく塔がそれ以上の人数を拒絶するのです」

「なら僕もぎりぎり……」

「一人は連絡役に残しておきたいのです。中の状況が全く確認できなくなるのは困りますし、必要に応じて物資なども運ぶ必要が出るかも知れません」

ジーンは悔しそうに歯噛みした。

嘘ではないだろうがそれだけが理由ではないだろう。塔は教会の管理である。ミモザは教会寄りのレオンハルトの弟子だからいいのだろうが、王国騎士団団長の弟子の手を借りたくはないのだろう。それは国に借りを作ることと同義であるし、下手をすれば塔の管理について余計な横やりを入れられかねない。

塔は金の卵を産む鶏のようなものだ。そのほとんどが塔の管理と維持費に消えるにしてもそこそこの収益にはなっているだろうし、なにより教会としては宗教的価値のある塔の利権を手放したくはないだろう。

「では、ジーンを連絡役にしましょう」

その時フレイヤが強い口調で提言をした。王国騎士団側としてもこのような機会は見過ごせないらしい。

「ジーンならばいざとなればミモザちゃんと協力して戦えますし、王国騎士団に所属しているわけでもない。適任ですわ」

名案と言わんばかりに花のようににっこりと笑うフレイヤに、そこが落とし所と考えたのだろう、オルタンシアは「では、お願いしましょうか」と苦笑した。

「ただし、君はあくまで連絡役です。それ以上のことは越権行為ですよ」としっかりと釘を刺すことは忘れなかったのはさすがである。


第四の塔の中身は見渡す限りの沼地と少しの草原地帯で出来ている。沼地の中に細い道と浮島のような草原地帯がぽつぽつと点在しているのだ。そんな遮蔽物が何もないだだっ広い空間の、比較的広い草原地帯で彼らは身を寄せ合って座っていた。それぞれめいめいに『試練の塔閉鎖！』や『これ以上の犠牲者を増やすな！』と書かれた看板やのぼりを手に掲げている。

（どうしたものか）

その集団の中にあって、マシューは頭を悩ませていた。このような事態はまるっきり彼の想定にはなかったからだ。

彼の若草色の髪が風に流れる。深い森のような緑の瞳は冷静に周囲を見回した。そばかすと丸顔のせいで若く見られるがマシューは十五歳の成人済みの青年である。この中では若造の部類に入るが事情もよくわからず連れてこられた子ども達よりは大人だ。こうなってしまった以上、マシューには子ども達を守る責任がある。

マシューはこの被害者遺族の会の中では参謀的な立ち位置であり、これまで行ってきた様々なイベントはマシューの提案によるものが多かった。しかし今回だけは違う。

「塔の開放はんたーい！　安全のために閉鎖しろー！」

その時一人の老人が声を張り上げた。何が楽しいのかその顔には満面の笑みを浮かべている。

思わず舌打ちをする。

（あいつさえいなければ……）

あの男、ロランが今回の立てこもりの首謀者だ。マシューは反対したが、先日のレオンハルトを懐柔するのに失敗するという失策のせいで聞き入れられなかった。知り合いの記者を抱き込んで行ったそこそこ大規模な作戦だっただけに、失敗したのはマシューにも想定外だった。だとしてもこのような強行策をみんなが支持するとは、マシューが思っているよりも改革がうまくいかないフラストレーションが溜まっていたらしい。

マシューの推測ではあの老人はおそらく保護研究会の過激派だ。そうでなければ今回の行動を推し進める説明がつかない。この立てこもり行為はあまりにも割が合わなさすぎる。利益を出すためには、そう、例えばここで人が死ねば人々の非難は教会に向くかも知れなかった。彼はマシュー達被害者遺族の会を捨て駒にするつもりなのだ。

(くそっ、どうしたら……っ)

しかし今それを仲間に伝えたところで通じないだろう。そもそもこの作戦の無益さはとうに訴えた後である。マシューには先導者やリーダーとしての才がない。あくまで裏方で策を練るのみで人の上に立つことが難しいのだ。

(だからこそ、彼女に)

ちらり、と人の輪の中心部を見る。そこにはジェーンが背筋を伸ばして座っていた。

(彼女には人を惹きつける力がある)

マシューにはないものだ。マシューはジェーンにリーダーになって欲しかった。

マシューは自身の守護精霊である白い毛をした子猿、キースを見た。

(いざとなったら俺が盾になる。みんなを生きて帰す)

できることならそんな事態は考えたくもなかった。

一体何時間が経っただろう。あらかじめ用意していた水筒の水は尽きてしまった。それまでは何もいなかった草原には沼地を渡ってきたのかちらほらと馬型の野良精霊の姿が見え始めていた。彼らはまだこちらの様子を窺っているが、襲って来るのは時間の問題だろう。最初は威勢の良かった仲間達も、その数が二十を超えたあたりで恐怖のほうが勝ってきてしまっている。

「お、お兄ちゃんっ」

「大丈夫。大丈夫だからな。俺のそばを離れるなよ」

子ども達がしがみついてくるのを抱き返す。

「なーにをびびっとる！　これはぁ！　我々の家族のため！　これ以上の犠牲者を出さないための勇気ある行動である!!」

元気なのはロランだけだ。

「おい、大声を出すなっ、下手に刺激をしたら……」

襲って来るぞ、と言い切る前に、馬のいななく声がした。

「き、キース！」

マシューの声に反応してキースは防御形態の盾となりその突進を防ぐ。しかし相手は一頭だけではないのだ。次々と襲いくる野良精霊に、キースは防戦一方だ。

「み、みんな！　早く！　今のうちに避難を!!　もういいだろう！」

「で、でも……」

迷うように、けれど挑むこともできずに立ちすくむ仲間に、マシューは怒鳴る。

「もう充分に抗議の姿勢は見せた！　これで俺たちが本気だと教会にも国にも伝わっただろう！成果はあげた！　撤退だ！」

「ならぬ!!」

その必死の叫びにはっとした顔になり移動を始めたところで、
ロランが立ち塞がった。白髪を振り乱し、手には槍を持っている。

「我らが同胞よ！　まさか臆病風に吹かれて逃げる気ではあるまいな！　そんなことでどうする！

家族は！　大切な家族を二度も見捨てる気か!!」

　その一喝に立ちすくむ。ロランはここから先は一歩も通さんという態度で仁王立ちをしていた。

「……っ！　逃げろ！」

　その時キースの盾をすり抜けた一匹がジェーンの下へと向かった。彼女は驚いたように身を引き、しかしそれ以上は動けずに、

「ジェーンさん！」

「これは大いなる一歩である!!」

　マシューの叫びとロランの高笑が重なった。

　――と、がこん、と妙な鈍い音がした。

　呆然と見つめるマシューの目の前で、その馬の首は跳ね飛ばされた。

　血飛沫が舞う。そんな悪夢のような光景の中で、場違いに美しい少女が立っていた。

「どうやら間に合ったみたいですね」

　涼やかな声がする。金色の髪が風になびき、その深海のような瞳がマシューのことを見た。

「すみません、遅くなりました」

　まるで待ち合わせに遅れた報告のように、呼ばれていないはずの彼女はそう言った。

　そこで初めてマシューは彼女の持つ巨大なメイスが馬の首をへし折ったのだと理解した。

　ミモザはあたりを見渡した。馬型の精霊達は血に興奮したのか臨戦態勢だ。

「ミモザさん！　助太刀を……っ！」

ジーンがそう叫び剣で精霊を切り捨てようとするのを、阻止するようにメイスの棘が刺し貫いた。

「……っ！」

棘は正確に馬の目を刺し貫いている。そのままミモザがメイスを振ると、迫ってきていた精霊達十体ほどはすべて中身を撒き散らして絶命した。

「ミモザさん……」

「余計なことはしないでください」

不満そうなジーンに、ミモザも不満げに口を尖らせる。

「あなたの仕事は連絡役です。それ以上は越権行為だってオルタンシア様もおっしゃっていたじゃないですか。もしも何かをしたいというなら彼らに必要な物資がないかの聴取をお願いします」

「このような状況で越権行為もなにも……」

「このような状況だからです」

じろり、と睨む。

「僕はレオン様に迷惑をかけるわけにはいかない。状況につけ込んで事を有利に進められては困ります。あなたは僕たちと敵対したいのですか？　ジーン様」

ジーンはしばらく睨んでいたが、その不毛さに気づいたのだろう。諦めたようにため息をついた。

「あなたがそんなに職務に忠実だとは……、おみそれしましたよ」

「あなたは職務にだらしがないんですか？」

「嫌味ですよ！　そんなこと誰も言ってないでしょ!!」

文句を言いながらもそれ以上争うつもりはないらしい。「金髪美少女なのに、優しくない……」だのなんだのとぶちぶち言いながらも、彼は素直に被害者遺族の会のメンバーへと近づき、何か話しかけているようだった。

（『金髪美少女』になにか思い入れでもあるんだろうか……？）

彼のこだわっているそのワードを疑問に思いつつも、まぁいいかと流してミモザはメイスを握り直した。

今大事なのは『金髪美少女』ではない。

（さて……）

ちらりと背後にかばったジェーンを見る。彼女の顔は青ざめているが毅然《きぜん》としていて、なにかを覚悟したかのように見えた。

「……動かないでくださいね」

「え？」

戸惑ったように顔を上げたジェーンを一瞥し、ミモザはメイスを地面に打ちつける。とたんに棘が恐ろしい速さで伸び、精霊達の目を一瞬で刺し貫いた。悲鳴のような甲高い鳴き声をあげて彼らは地に倒れ伏す。気がつけばミモザ達の周りには遺体が散乱し、生きている野良精霊は一匹もいなくなっていた。

「すげー……」

マシューが思わずと言ったように言葉をこぼす。

「さぁ、一応片付けはしましたが、またすぐに集まってきてしまうでしょう。今のうちに避難をしましょう」

そしてミモザはどさくさに紛れて当たり前のような顔で避難を促し、

「それはできないわ」

あっさりと拒絶された。

(まぁ、そりゃそうだ)

そう簡単に流されてくれるようならレオンハルト達も苦労はしていないのだ。やっぱりレオンハルトが駆けつけるまで待つしかないか、と考えていると「でも、そうね」とジェーンが再び口を開いた。

「私以外のみんなは帰ってちょうだい」

ざわり、とざわめきが起こる。それをゆっくりと見回してジェーンは告げた。

「先ほどマシューさんが言ってくれたように、成果は充分です。私たちの本気は伝わったはず。私は当然これ以上の犠牲を望みません。ですから、皆さんは一度撤退を」

「でしたらジェーンさん、あなたも」

言いかけるマシューに彼女は首を横に振った。

「今は話し合いの場を設ける好機です。だってこうして向こうから出向いてくださったんですもの」

そう言って彼女はミモザを手で示して見せた。

思わず自分を指さして確認すると、いかにもと言わんばかりにジェーンは頷いた。

(僕……?)

「あなたは私が聖騎士様にお声をかけさせていただいた際に彼と共にいらした方ですね。よろしければお名前を伺っても?」

またざわりと周囲はざわついて、ミモザに視線が集中した。それに気まずい気持ちになりつつミモザは手を胸に当てて騎士の礼をとる。

「僕はレオンハルト様の弟子の、ミモザと申します」

その言葉にざわめきが大きくなる。

(うう……)

針のむしろとはこのことだろうか。逃げ出したい気持ちをなんとか抑えてミモザは踏みとどまった。

「まあ、お弟子さんがいらっしゃったのですね」

「不肖の弟子ですが」

「聖騎士様はいらっしゃらないの?」

当然の疑問に、ミモザは嘆息した。

「今現在、王都周辺では野良精霊の大量発生が起こっております。王国、教会の両騎士団、そしてレオンハルト様はその解決のために奔走されております」

またざわめく。今度は収まるまでに時間がかかった。

「そのため、今はこちらに訪れることが難しいのです。どうか一度塔から出て、時期を調整してはいただけませんか。すべてが落ち着いた後で話し合いをしましょう」

ミモザの提案に、けれどジェーンは首を横に振る。

「ここを出てからでは話し合いの席を設けてはいただけないでしょう。よしんば話し合いを行なったとて、対等に意見を交わしていただけるとは思えませんわ」

図星を突かれてミモザはうっ、と言葉に詰まる。

おそらく話し合いの場を設けたとして、それは結論ありきのものになるだろう。被害者遺族の会の話を聞く機会は設けましたよ、と体裁を整えて終了だ。

「ですので、私がここに残ります。皆がここに残る必要はないでしょう」

口々にどうするかと話し合う声が聞こえる。皆行動を決めかねているようだ。

(とりあえず人数減らすか)

死傷者が出るのを防ぐことがミモザの第一目標だ。そのためには塔の内部にいる人間はできるだけ少ない方がいい。

「ではその左端の背の高いあなた！　あなたから順番にジーンさんに付いて外に出てください！」

「余計な事するなって言ったわりには人使い荒いなぁ、まぁ避難には僕も賛成だけどさ」

ぶちぶちと文句を言いながらもジーンは動き始める。

戸惑いながらも指示に従って動き出す人々にミモザはほくそ笑んだ。

（これぞ必殺……）

『名指しされると従ってしまうやつ』である。

よく緊急の現場では単純に「救急車に電話してください」というよりも「そこの赤い服の方、救急車に電話してください」と具体的に指名した方が人は動くという通説がある。それをしてみただけだ。

しかし効果はあったようだ。ミモザは満足そうに頷いた。

「いかん！　いかんいかんいかんいかんいかん!!」

その時甲高い喚き声が響いた。見ると一人の老人が地団駄を踏みながら喚いている。

「お前ら！　お前らの家族に対する思いはその程度か！　これ以上犠牲を出したくないという気持ちは！　所詮その程度だったんだな！　えぇ？」

「ロランさん」

冷静な声が彼を呼ぶ。ジェーンだ。

「私たちの思いは本物です。その程度などではありません。教会側は使者を出してくださった。その成果が得られたのでもう全員がこの場に残る意味がないという判断をしたまでです。それに私はこの場に残るのです。それで充分でしょう？」

見透かすようなその言葉に、ロランはしばし押し黙るとにやりと笑った。

「ではわしも残るとしよう。お主だけに任せるわけにはいかん」

「俺も残ります！」

手を挙げたのはマシューだ。その新緑の髪と緑の瞳に見覚えがある気がしてミモザは首を傾げる。

（……あ？）

緑、そばかす、童顔、そして被害者遺族の会。

（思い出した……）

彼は攻略対象だ。確か姉とはどこかの塔で出会うはずだった。ゲームではシステム上親密度の高い攻略対象複数人とパーティを組むことになるのだが、彼は回復役担当で恋愛対象としてはともかく、パーティメンバーとしては人気が高かった。

確かステラが「出世した暁には教会側と被害者遺族の会との間をつなぐのに尽力する」と約束するシーンがあったように思う。

（何かに利用できるだろうか……？）

後々姉の仲間になる人間だ。ミモザが聖騎士を目指すにあたって邪魔になる可能性が高い人物である。しかし少し考えてミモザは首を横に振った。

情報があまりにも少なすぎる。

（彼個人をどうこうというよりは……）

ちらり、とミモザはジェーンのことを見た。

もしも姉の仲間になるきっかけが教会と被害者遺族の会の仲が険悪であることだとするならば、今回の件を穏便に収められれば彼は姉の仲間にならない可能性があるのではないだろうか？

「……では、私たち三人で残りましょうか」

ミモザのそんな打算を尻目に、ジェーンがそう取り仕切って、結局この場にはその三人が残ることとなった。

そして数分後、ミモザは、

(塔の中なのに青空……)

頭上には晴天が広がっている。

不思議議だなーとぼんやり空を見上げていた。

「――ですから！　こんな危険なことはやめて、いったん外に！」

チロもメイスの姿のまま「チチッ」と鳴く。チロは綺麗な空だ、とつぶやいたようだ。

「塔の処遇についてはは責任者でないとお話しできませんから、これ以上ここで粘っても……」

その時、馬の野良精霊が再び突進してきた。それを野球のバッターよろしくミモザは迎え撃つ。

ぐちゃ、と嫌な音がして馬の頭が飛んだ。

ふぅ、と息をつく。もう野良精霊達をどのくらい倒したかわからない。百匹近くいっている気がする。一人二十匹までという制限も、いつもの『仕事』同様、今回も人員救助のために見逃してくれるというお墨付きをもらっていた。

「あー、返り血がすごい」

「ていうかミモザさんも少しは説得に協力してもらえませんかね⁉」

黙々と野良精霊を狩り続けるミモザに、辛抱たまらんといった様子でジーンが怒鳴った。それに答えたのはミモザではなくジェーンだ。

「申し訳ありませんが、どなたに何を言われても私の意思は変わりません」

「ですって」

「ですって、じゃありませんよ!!」

うーん、とミモザはうなる。

(だって無理だし……)

狭い村の人間とすらあまりうまくコミュニケーションを取れていなかったミモザである。そしてクラスメイトにはいじめられていて友達が一人もいないミモザである。

それが自らを人質にして立てこもる人を説得。

(ハードルが高すぎる……)

きっとレオンハルトならうまいこと口八丁で丸め込むのだろう。姉なら優しく諭すかもしれない。

しかしミモザは――、

「ジーンさん、だったかしら。わずらわせてしまってごめんなさいね。でも私達も必死なのよ」

ジェーンは困ったように首を振った。

「私の娘は勇敢な子だったわ。そしてちょっと目立ちたがり屋だった。あの子の性格を考えると精霊騎士を目指すのは必然だったかも知れない。でもあの子が亡くなってしまって、思ったのよ。もしも塔を攻略するなんて選択肢がそもそも存在しなければ、そうしたらあの子は今でも元気だったかも知れない。そう思ってしまうのはそんなにおかしいことかしら?」

「……お気持ちはわかります、ですが、」

「まだ、精霊騎士として任務についていたとか、そういう理由ならばわかるの。けどそうじゃないのよ。塔に挑んで亡くなるなんて、なんて無益な死に方なのかしら。誰かを助けたわけでもない、それをすることによって世の中が良くなるわけでもない。挑む必要性なんて何もないじゃない。だったら、精霊騎士になるための道標として塔の攻略をする必然性なんてないじゃない？」

「塔に挑むことで得られる女神様の祝福があります。その恩恵により僕たちは今よりも強くなれる。あなたたちの要望では、塔を完全に封鎖し今後誰も入れないようにするというものだ。たとえどれだけ本人がそれを望んだとしても」

「そうよ、そうでなければ意味がない。だって娘は自ら望んで入ったのだもの。選択肢として完全に消失させなければ意味がないの」

「それでは……っ！」

ジーンは苦しげに訴える。

「それでは僕は永遠に先生に追いつけなくなってしまう!!」

もっとものの訴えだとミモザも思う。先人達は女神の祝福を受けているのに、これからの若者はそれを受けられなくなる。それは世代間に大きな実力差という溝を作るだろう。

「それでも」

しかしジェーンは静かに告げた。

「私は騎士になる以前に摘まれてしまう芽のほうが罪深いと思うわ」

「…………っ！　それは！」

「あなたにも、あなたを心配してくれる人はいるでしょう？　それこそあなたの先生は？　ご両親は？　あなたが塔に挑んで亡くなったら悲しむのではないかしら」

「そんなっ、そんなのは……っ！　くそっ！」

ジーンは悔しげにうつむく。

（なるほど、確かに『厄介』だ）

その言葉を明確に否定できる人間は少ないだろう。

その時、彼女はミモザの方を見た。お互いの目があったことにミモザは少し驚く。彼女は少し笑った。

「さっきから、あなたは何も言わない。……だんまりを決め込むのは楽でいいわね」

その言葉にミモザは考え込む。

（楽。楽かぁ……）

確かにおっしゃる通りだ。ミモザは楽だからずっと黙っていたのだ。だってミモザの仕事は死傷者を出さないことで彼女達の説得ではない。

（余計なことを言ってレオン様の邪魔になってもいけないし……）

沈黙は金だ。黙っている限り失うものはない。けれど、

「言えません、何も」

そこでやっと、ミモザは口を開いた。

(けれど、不誠実ではあるのだろう)

ジェーンの瞳を見つめる。彼女は静かにミモザの言葉を待っている。

「子供を産んだことのない僕には、娘を亡くしたあなたの気持ちなどわかりません」

「……っ、あなたには想像力がないの?」

彼女はわずかに苛立ったようだった。その言葉はミモザにとって意外なものだ。

「想像でいいのですか?」

思わず素直な疑問が口からこぼれ落ちた。

「よく知りもしない子どもに、想像でわかったような気になられて良いのですか?」

「……っ!」

「それならできますが、きっとそれはあなたの被った痛みとは程遠い。その程度の単純な想像で補えるような悲しみではないのでしょう」

ジェーンは戸惑ったように黙り込んだ後、何かを諦めたようにため息をついた。

「あなた、馬鹿正直って言われない?」

「正直者ではありません。でもきっと、頭は悪い方です」

「そういう意味じゃないわ。ごめんなさいね、責めるようなことを言って」

目を伏せる彼女に、ミモザは何かを言わなければならないような気がして口を開く。

「母親の気持ちはわかりませんが、僕はある人の娘なので、娘さんの気持ちは少しわかると思います。まぁ、それも僕の勝手な想像なんでしょうが」

ジェーンは苦笑した。

「どんな気持ちかしら」

「僕の母親がこんな危険な場所にいたら、きっと僕は恐ろしくてたまらない。すぐに安全な場所に避難して欲しいと思います」

「……そう」

何かを噛みしめるように彼女はうつむいた。その表情はミモザからは見えない。

「あなたのお母様は果報者ね」

「いいえ。心労ばかりかけて申し訳ない限りです。あの母親のもとに産まれることができて、僕の方が果報者です」

そう、そうなのね、とジェーンは噛みしめるように呟いた。それをしばし眺めた後、うーん、とミモザは首をひねる。

「それで、ええと、あなたは僕の意見が聞きたいのでしたね」

それに驚いたように彼女は顔を上げた。そして困ったように笑う。

「いいのよ、もう。意地悪を言って悪かったわ」

「いいえ、この際だから言いましょうか」

ミモザはゆっくりと首を横に振った。そして丁寧に彼女と視線を合わせ、告げた。

「僕はあなた達を卑怯者だと思っている」

その声はことのほか大きくその場に響いた。

「……っ！」

「なにを……っ！」

ミモザの言葉に横で話を聞いていたマシューが思わずというように声を上げた。ミモザはその反応にちょっと驚く。ちらりと彼のことを横目で見つつ、言葉を続けた。

「あなた方はもっと、自分が相手と同じ土俵に立っていないということを自覚すべきだ」

「……同じ土俵？」

今にも食ってかかりそうなマシューを手で制し、ジェーンが尋ねる。ミモザは頷いた。

「ええ、責任を取る立場に」

ぐるりと見回す。ジェーンにマシュー、ジーン、そしてロランだけがにやにやとした顔でこちらを見ていた。

「今後、塔を閉鎖したことにより騎士が弱体化し、他国に攻められることになったら？　塔を観光資源として利用し商売を行っている人達の今後の生活は？　他にもいろいろありますが、教会はそれに対しなんらかの対応を迫られることになるでしょう。それに対しあなた方はどうでしょうか。その生涯をかけて塔を閉鎖したことによって起きる不利益に対応してくださるのですか？　それともなんらかの対応策をすでに考えて用意してくださっているのでしょうか？」

「……それはっ」

「もしもそうでないのなら、あなた方は自分の行いに責任を取る気がないということだ。自分の要望は押し通して、自分たち以外の人が困っても知ったことじゃないと開き直る」

「そんなつもりじゃ……」

「ではどういうおつもりですか」

うめくマシューにミモザは問いを投げつけた。彼は言葉に詰まって黙り込む。それにミモザは首を振った。

「教会は、真っ先に非難の的になる立場です。責任逃れはできない。別に同じ立場になれと言うつもりはありませんが、同じ立場ではないということは自覚すべきだ。その上で人の評判や命を脅しに使って我を通そうというのなら、それは好きにしたらいい」

そしてもう一度みんなを見回す。ミモザが見られているのは変わらないが、ジェーンとマシューの顔色は真っ青に染まっていた。

「けれどそれは悪業だと自覚して欲しい。今回の件は教会や国、そしてあなた方、それぞれの正義や信念のせめぎ合いなどという高尚なものではなく、ただの意地が悪い人達の欲望と悪意の応酬です。だから、まるで自分達だけは善人かのように振る舞うのはやめてもらいたい。自分の欲望のために悪いことをすると決めたなら、しらばっくれた態度を取るにせよ、開き直るにせよ、そこはちゃんと自分達は自分達の意思で悪いことに手を染めているのだと理解しておいていただかないと……」

ミモザはそこでいったん言葉を切って首をかしげる。言おうかどうか迷った後で、ここまで言ってしまっては気遣うにしても手遅れか、とそのまま率直な意見を口にした。

「悪い事をしたという自覚もなく相手を攻撃するのはあまりにも卑怯だ。これが僕の考えです。えっと、ご満足いただけましたか？」

「貴重な意見をありがとう。……とても、参考になったわ」

ジェーンは気丈にそう言った。けれどミモザが彼女のことを見てももう目線は合わない。その反応にミモザは嘆息する。

「ええと、なんかすみません。決してあなた方を非難したいわけではないのです。いや非難したいのかな」

ミモザは迷いながら言う。なんとも悩ましい。

「僕は娘を亡くした母の気持ちはわからないと言いましたが、目的のために悪どい手段を使いたいという気持ちはわかるんです。僕もあなた方と同じ『悪い人』ですから」

今現在、姉から聖騎士の座を奪うためにゲームを参考にするというズルをしているミモザだ。そのことに関してはシンパシーすら感じる。そこで過去に言われたレオンハルトの言葉をミモザは思い出した。

「だから、ええと、そのぅ、もう少し『うまくやって』いきましょうよ。お互いに自分の我欲のために動いているんです。本音と建前をごっちゃにするからこんがらがる。僕たちは悪い人同士、もう少しわかりあえるはずなんです」

ミモザは手を差し出した。ジェーンは戸惑ったように足を半歩引く。

「実は、僕とあなた方の利害は相反していないのです。僕の仕事はあなた方を守ること。だからいくらでもここに滞在していただいてかまいません。何時間でも何日でも何週間でも何ヶ月でも、僕が必ず守ります。……ですが、やはり家とは違いますから。物資は限られていますし襲われ続けるストレスはあるでしょう。ですからあなた方が心身を疲弊して、まともな判断ができなくなった頃に――」

ミモザは蕾が花開くように、綺麗に微笑んだ。

「保護させていただきますね」

それはぞっとするような笑みだった。

きっと、レオンハルトならうまいこと口八丁で丸め込むのだろう。姉なら優しく諭すかもしれない。

しかし、それが出来ないミモザは、真綿で首を絞めるように、生かさず殺さずただ待つことにしたのだ。

――彼らが音を上げるまで。

「――さて、それは困るのぅ」

黙り込んだ面々の中、唯一ずっと笑みを消さなかった老人が口を開いた。ロランだ。彼は水色の目をギラギラと興奮に光らせていた。先ほどまでは老人らしく腰を曲げていたにもかかわらず、今は真っ直ぐとその背すじを伸ばし、かくしゃくとした雰囲気を出している。

「教会からの使者としてお主らのような小娘と小僧が来た時は放っておけば誰か死ぬかと思ったが、

思いの外やるようだ。それは困る、困るのぅ」

身の丈を遥かに超えた長い槍を彼は構えた。

「まぁわしは誰が死んでしまってもかまわん。全員死んでもらってもなぁ」

「……っ！　気をつけろ！　そいつは保護研究会の過激派だ!!」

マシューが叫ぶ。瞬間、雷鳴が轟いた。

「……っ」

ミモザはすぐさま防御形態でそれを防いだ。チロの半球状の盾をつたって落雷は地面へと流れる。

雷はロランの槍の先から放たれていた。

「ジーン様！　ジェーン様とええと、なんかそっちの緑の人の避難を！」

「緑の人じゃなくてマシューですけどね!?」

「マシューさん！　こっちへ！」

ごちゃごちゃと騒ぎながらも、ミモザは三人を背後へとかばって立ち、ジーンはマシューとジェーンを抱えるようにして後ろへと下がらせた。しかしこの塔の出口はロランの背後である。

周囲に目を走らせるがここは沼地に四方を囲まれ浮島のように存在する草原地帯である。遠回りでロランを避けて出口に走るということも困難そうであった。

ロランはニヤリと笑うと懐から五角形の黒い金属板を印籠のように取り出して見せる。

「なんじゃ、気づかれておったか。ならば名乗ろう。わしは保護研究会、五角形のうちの一角、ロランじゃ。よろしくなぁ」

「……五角形」

ミモザはつぶやく。ロランの持つ五角形の向かって左下には金色の印がつけられていた。確かステラの恋愛対象の中にもそう言った肩書を持った人間がいた気がするが、よく思い出せない。天才キャラだったような気もするが、どうだっただろうか。

「なんじゃ、気になるか？」

「……いえ、あなたみたいなのがあと四人もいるのかと思うとうんざりしただけです」

ミモザは誤魔化す。ロランもさほど気になったわけではないのだろう。槍を構え直した。

「余裕ぶっておるが、内心では焦っておるのではないか？」

「なぜですか？」

ふん、と馬鹿にしたように彼は笑う。

「先程から散々野良精霊からあいつらを庇っていたんだ。もう魔力も限界じゃろう」

「……さぁ、どうでしょう」

魔力とはゲームでいうＭＰのことだ。通常のＲＰＧよろしくこの世界でもＭＰが切れれば魔法は使えなくなる。魔法というのは先ほどロランがやってみせたように槍から雷を放ったり、ミモザが普段やっているようにメイスの棘を伸ばしたり衝撃波を放ったりというものだ。平均的なＭＰの量は百五十〜二百といったあたりだ。そしてゲームの中のミモザのＭＰは百五十が最大であったと記憶している。

つまり平均の下の方である。

ちなみにステラはすべてのイベントやアイテムを駆使すれば最高で四百まで上がる。特に頑張らなくてもストーリーを進めるだけで三百までは普通にいく仕様である。

つまり、ミモザの二倍である。

（悲しい……）

レオンハルトのMPなどは記憶にないが、どうせ化け物じみているに決まっている。

これが才能の差か……、と遠い目になっている――、場合ではない。

また雷鳴が轟く。今度は受け止めることはせず、ぎりぎりまで引きつけてから避けた。先ほどまでミモザが立っていた地面がえぐれ、クレーターのように穴が開く。

（当たれば最悪死ぬな）

これ一発でMPをどれほど消費しているのだろうか。魔法によって消費MPは異なるが、これだけ威力があれば十ほどは消費していそうだ。だいたいの魔法の消費MPは五～十くらいのものが多い。稀に三十～五十ほど消費するものもあるが、それは小さな町を一つ滅ぼすとか、広大な土地に結界を張るとか、大概は道具と準備を必要とするような大規模の魔法だけだ。

とはいえMPは減るばかりではなく時間経過で回復するものである。だいたい起きている時だと二十～三十分で一ほど回復するのが一般的である。つまりロランは先ほど休憩を挟みながらとはいえ、百匹近くの野良精霊を倒したミモザのMPがそろそろ切れることを見越して、ばかすか魔法を撃ってきているのだろう。ちなみにミモザは一回の攻撃で三～四匹ほどまとめて屠《ほふ》っていたりもしているので、厳密にMPをどのくらい消費しているのかを計算で求めるのは至難の業である。

もちろん、相手の最大MPや現在残っているMP量を知る方法は存在する。それは女神の祝福である。最初の塔の攻略によりその能力が手に入るのだ。とはいえ実は祝福には金・銀・銅のランクがあり、それぞれにより見える範囲に違いがある。金であれば相手のレベル、最大MP量、MP残量の全てを見ることができるが、銀ではレベルと最大MP量だけ、といった具合にだ。ちなみに銅だとレベルも大雑把にしかわからないらしい。らしいというのは塔の試練を受けていないミモザには詳細がわからないからだ。でもゲームでは確か最初に難易度の選択が可能で、イージーでは金、ノーマルでは銀、ハードでは銅に、最初の試練の塔で与えられる祝福は設定される仕様であった。

そしてゲームの中のミモザは銅であった。

つまり自動的にハードモードのゲームが開始する予定である。今のところ。

内心でぼやきながらも次々と襲いくる雷撃を避け続ける。そうしながらメイスをさりげなく地面へと叩きつけた。

(悲しい……)

「……ちっ」

ロランが舌打ちをして横へと飛ぶ。メイスからの衝撃波が地面を走りロランの足元まで亀裂を生じさせたのだ。その体勢を崩した隙を逃さずミモザは棘を伸ばした。

伸ばした棘がロランの目にささる——と、思われた直前に彼は胴体をそらせてそれを避ける。棘は残念ながら、彼の目の下あたりを少し引っ掻くだけで終わった。

「小娘が……、狡《こす》い真似を」

悔しそうな顔を作った後で、しかし彼は再びニヤッと笑う。

「先ほどから攻撃が単調でみみっちいのう。お主、もしや属性攻撃が使えんのか？」

「はい」

間髪入れずにミモザは頷いた。

属性攻撃というのはロランのしたような雷など特徴的な攻撃のことである。通常、大抵の人は一つは属性を持っているものであり、二つ以上あれば天才と呼ばれる部類のものだ。つまり属性攻撃を持たないというのは『落ちこぼれ』ということであり、ロランはそれを揶揄《やゆ》したのだ。

「僕は属性攻撃は使えません」

しかしミモザは『それがどうした』、という顔をして再度しっかりと頷いてみせた。

（それがどうした！）

ふん、と鼻息荒く、ついでにえばるように胸を反らしてやる。

「……………うん、そうか、なんかすまんかったな」

おそらく挑発しただけのつもりでまさか肯定されるとは思わなかったのだろう。ロランは可哀想なものを見てしまったとでも言うようにそっと目をそらした。

大変遺憾《いかん》である。

ちなみに名誉のために言っておくがこれは半分嘘で半分本当だ。

元々ミモザは属性攻撃を持っていなかったが、狂化により一つだけ目覚めた。

しかしそれはあまり強力なものではなかったのである。

「あ、ちょっと本気で悲しくなってきた」

「まぁ、世の中そういうこともあるわい。才能とは無慈悲なものじゃ」

「同情ついでに見逃しませんか」

一応聞いてみた。

「それは無理じゃ」

即答の上で更に雷撃を叩き込まれた。ミモザは避《よ》けた。

＊＊＊

一方その頃、騎士団達は大量発生した野良精霊を迎え撃つための準備を進めていた。

ゴードンは新米兵士である。

一応精霊使いと名乗れる程度の素養はあるが、五つ目の塔で挫折したため精霊騎士ではない。それでもそこまで攻略した実績を評価され、王国騎士団の下っ端として拾ってもらえたのだ。エリートコースを歩むためには精霊騎士になることが必須であるが、田舎の出身で王都で暮らすことを夢見ていたゴードンにとっては食っていける職にありつけただけで上々の人生である。

（それに教会騎士団はともかく王国騎士団じゃあ貴族じゃないとなぁ）

ぼんやりと思う。

王国騎士団の精霊騎士は貴族のみで構成されている。その下部組織である兵団の兵士は平民でもなれるが出世は望めない。

どちらにせよ精霊騎士にチャレンジする気のないゴードンには無縁の話である。

「壮観《そうかん》だなあ」

そんな新米で小市民なゴードンにとって、今回のは初めての大規模な任務であった。実に数千人規模の両騎士団を動員した、戦争でも始めるのではといった事件だからだ。

ゴードンの前方には整然と先輩兵士が並び、そのさらに前にはエリートの精霊騎士達、そしてそのさらに前、先頭には――、

（あれが『三勇《さんゆう》』）

我らが王国騎士団団長フレイヤ、教会騎士団団長ガブリエル、そして聖騎士レオンハルトの姿があった。

ちなみに三勇とは『三人の勇士《ゆうし》』の略である。かつては『二将《にしょう》、一勇《いちゆう》』や『三英傑《さんえいけつ》』など色々と呼び方を模索したらしいが、一番語呂がよく呼びやすい『三勇』に落ち着いたらしい。やはり語呂は大事だ。

ゴードンのような下っ端ではレオンハルトはおろか、フレイヤですらお目にかかる機会は滅多にない。

それが三人揃い踏みなのには当然理由がある。王都周辺で野良精霊の大量発生という異常事態が起こったからだ。それも複数箇所同時に、である。

それなのに何故ここにこんなに戦力が集中しているのか？

単純に考えれば隊を大量に分け、各地に派遣《はけん》すべきと考えるだろう。そして実際に別働隊は存在

している。しかし彼らの仕事は精霊の駆除ではなく、住民の避難と精霊の追い込みである。

今回あまりにも精霊の量が多く、また倒しにくい相手であった。熊型のボス精霊が大量発生したのだ。

そのため一箇所一箇所殲滅《せんめつ》して回るには時間がかかり過ぎた。そこで考えられた案が追い込み漁である。

幸いなことに大量発生している場所は王都周辺に限られていた。そのため大量発生が起こった一番外側を円の端にしてぐるりと騎士達でとり囲み、そのまま精霊達をこの何もないだだっぴろい荒野へと追い込み、そこで待ち受けて一網打尽にしようということになったのである。ちなみにこの作戦の発案者はガブリエルである。ゴードンは今まで知らなかったが、彼は知将《ちしょう》として国内外で有名らしい。

その時、上空からひらひらと何かが舞い降りてきた。それは二匹の守護精霊だ。

一匹は黒い羽に銀色の模様の映える美しい蝶。そしてもう一匹は黒く艶やかな装甲をして鋭いツノをもつノコギリクワガタだった。

その二匹は諜報《ちょうほう》にでも出されていたのか前方の三勇のもとへと飛んで行く。

「お、三勇様の守護精霊だな」

その時前に並んでいた先輩がつぶやいた。

「確か、団長様のでしたっけ？」

それにゴードンは声をかける。先輩は目線だけで振り返ると「当たりだ」と笑った。

ゴードンは当たったことが嬉しくてへへっと笑う。噂で両騎士団団長はお互いが同じ虫型の守護精霊であることが気に食わなくて仲が悪いのだと聞いたことがあったのだ。

「両団長様のだな。おそらく追い込みの調子を確認していたんだろう」

先輩の言葉を肯定するように、仕入れてきた情報を主へ伝えようと精霊達はそれぞれの騎士団長へと近付いて行った。

「フリージア」

名前を呼ばれた蝶はガブリエルの方へと進み、その姿を美しい鉄扇へと変えた。

「フォルス」

同じく名前を呼ばれたクワガタはフレイヤの方へと進み、その姿をいかついチェーンソーへと変えた。

「ぎゃっ」

逆だろ！　と叫びかけてすんでのところでこらえる。しかし、

「いや、逆だろ!!」

口を手で押さえるゴードンの背後から声が聞こえた。振り返るとそこには指差して叫んでしまったと思《おぼ》しき同僚の姿があった。彼は先輩に頭を引っ叩かれ、逆にゴードンはこらえたことを褒めるように先輩に頭を撫でられた。

（あとであいつに声かけに行こ）

友達になれる気がする。

「ぼさっとするな、来るぞ」

他の先輩が促す。それとほぼ同時に地響きのようなものが始まり、そして姿を現した。

大量の熊型の野良精霊である。

そのあまりの多さに、みんなわずかに怯《ひる》んだようだった。しかし――、
ごうっ、と風の燃える音がした。

レオンハルトだ。

彼が巨大な剣を一振りすると、そこから炎を纏《まと》った斬撃が放たれ、それは徐々に範囲を広げながら熊達を焼き切った。あまりの高温ゆえに、おそらく斬撃に触れた場所が蒸発したのだ。

胸から上を失った熊達が無惨に倒れ伏す。

(すげぇ……)

なんと彼はその一振りでたどり着いた第一陣をすべて焼き払ってしまった。

まさに一騎当千《いっきとうせん》。

(これが、聖騎士)

これが最強の精霊騎士か、と感嘆すると同時に畏怖《いふ》の念が湧く。

味方ならこんなにも心強いが、もしも敵対することがあればと思うと冷や水を浴びせられたように体が一気に冷たくなり震える。

「聞け」

その時声が響いた。ゴードンは弾かれたように顔を上げる。

「これは皆のための戦いである。家族や友、そして愛すべき国民を危機に晒《さら》してはいけない」

けして叫んでいるわけでないのに、大きくよく通るレオンハルトの声が響く。

その言葉にゴードンははっ、と我に返る思いがした。そうだ、守りに来たのだ。自分の想像に怯《おび》えている場合ではない。

「皆《みな》の者《もの》、俺に続け。必ず勝利を掴み取るぞ」

オオォォオォッ！　と雄叫びが上がった。ゴードンはもう、畏怖にとらわれてはいなかった。陽の光に照らされて、英雄の藍色の髪がきらりとひらめく。その横顔は凛々しく、金色の瞳は未来を見据えている。

勝利という未来を。

そう信じるには充分過ぎて、ゴードンは胸を熱くした。

そう、ゴードン達はこの手で必ず国民を守るのだ。

＊＊＊

ミモザはいつかのことを思い出していた。

「省エネだな」

訓練の途中、レオンハルトはつぶやくようにそう言った。

「え？」

「君の戦い方のことだ」

おそらく休憩に入るつもりなのだろう。構えていた剣を下ろし、彼は軽く汗を拭《ぬぐ》う。

「君の使う技はどれも形態変化《けいたいへんか》だ。衝撃波についても俺は斬撃を形にして飛ばすのに対し、君は触れたものに衝撃波を叩き込むスタイルだろう」

それを見てミモザはその場に座り込む。正直もうへとへとで立っているのがキツかったのだ。

そんなミモザを彼は見下ろした。

「君の攻撃はことごとく何も作り出さない」

「……はぁ」

ディスられているのだろうか、とも一瞬思ったが、声のトーンと態度からおそらく違うのだろう。彼の瞳に映る感情は、感心だ。

「無から有を生み出すのと、すでにあるものを利用するの、どちらがよりエネルギーを消費するかなど言わなくてもわかるだろう？　三時間ほど打ち合っているが、君の魔力はあまりにも減っていない」

「それはレオン様も……」

特に魔力切れを起こしている気配はない。ＭＰ量の見えないミモザではわからないが、まだまだ余裕そうに見える。そんなミモザを師匠はじっとりと睨《にら》んだ。

「俺はペース配分をしている。しかし君は何も考えず全力で打っているだろう」

「……うっ」

図星だ。ぐうの音もでない。

「……だが、ＭＰ量を見てもいつまでもゆとりがある。君の元々の魔力量はそこまで多いわけではないにもかかわらず、だ」

当たり前のように金の祝福を授かっているレオンハルトである。その黄金の瞳にはミモザのステータスが丸見えのようだ。

「つまり君の攻撃は使用するＭＰ量が極端に少ない。おそらく一〜二程度しか使っていないんじゃないか」

「……はぁ」

褒められているのはなんとなくわかるが、わからない。それはそれだけ一撃に威力がないということと同義ではないだろうか。

「つまり君は人よりも長く戦える。持久戦が君の強みだ。一撃で倒す威力はないが、じわじわと相手の体力と魔力を削って疲労したところでとどめを刺せ」

そこで悪巧みをするようにレオンハルトはにんまりと笑った。

「まぁ、君自身がへばらないように、それに耐えられるだけの体力と筋力をつけなくてはな」

＊＊＊

「おかしい、なぜだ」

ロランはぜいぜいと肩で息をしながらぼやいた。

それを見て、ああ魔力と体力が尽きてきたのだな、とミモザは悟る。

二人はもう半時ほど打ち合いを続けていた。ロランの放った雷のせいで周囲は暗澹《あんたん》たる有様だ。草原の草はところどころ焼け焦げて、沼地にも深くえぐれたようなクレーターがいくつもできている。そんな中でミモザはここを訪れた時と変わらぬ姿で涼しげな顔をしてメイスを構え、無表情に立っていた。

彼女の美しいハニーブロンドが風を受けてわずかに揺れる。冬の湖面のように凪いだ瞳がロランのことを静かに見つめていた。

その光景にロランは悔しげに顔を歪める。

「なぜ魔力が尽きない！　小娘!!」

「……僕マッチョなんで、こう見えて体力が……」

「肉体の問題じゃない！　魔力だ！　こんなに長時間戦って、常人の魔力が持つはずがっ……!!」

ロランの訴えにミモザはうーん、とうなる。なんて言おうか考えて、結局シンプルに告げた。

「僕、持久戦が得意なんです」

というより、それ以外得意なものがない。

ロランはこちらを睨《にら》んでいる。その足元のおぼつかなさを見て、ミモザはふふ、と笑った。

どうやら仕込んだ毒もうまく回ってきたようだ。

ミモザが唯一目覚めた属性攻撃、それは『毒』だった。

しかしそれは前述した通り強力なものではない。せいぜいが身体が少しだるくなる程度のものだ。

それも四～五時間で治ってしまう。

（でも充分だ）

長期戦で相手を疲労させて戦うスタイルのミモザにとって、わずかでも弱らせやすくするその属性は決定打にはならないが相性がいい。少しでも相手の判断能力や体力を下げられれば儲《もう》けものである。

ちなみに毒を仕込んだのは最初の一撃目。ロランの目元をかすった時である。ゲームのミモザは毒を空気中に放出していたが、その方法では明らかにＭＰを食うため棘から注入する方式へと訓練で切り替えていた。すべてミモザの長所を活かすためである。

「これから、あなたにはへとへとに疲弊《ひへい》していただきます」

ミモザは言う。

「何時間でも何日でも何週間でも何ヶ月でも、戦い続けられるように僕は修練をつんできました。あなたはここから逃げることもできず、勝つこともできない。疲れ果てたままここで戦い続け、そして……」

ミモザの仕事はここまでだ。仕込みは上々、舞台は整えた。

ここで敵を倒すべきはミモザではない。のちのちの対応を考えれば、彼を倒すのはわかりやすい皆の『英雄《えいゆう》』であるべきだ。

「最後は、聖騎士レオンハルト様に倒されるのです」

その時ロランの背後に人影が現れた。ロランがギョッとしたように飛び退く。

「待たせたな、ミモザ。状況は？」

そこには英雄の姿があった。

豊かに流れる藍色の髪に意志の強い黄金の瞳、そして堂々たる体躯《たいく》の英雄の姿が。

ミモザはうやうやしく頭を下げる。

「彼が保護研究会の一員で、被害者遺族の会の方々を殺そうと企《たくら》んでいたようです」

「……そうか。どうやら俺の可愛い弟子にしてやられたようだな、ご老人」

槍を構える老人の異様に疲れた様子を見て、レオンハルトは悪辣《あくらつ》に笑った。

「この子はなかなかいい仕事をするだろう」

「おのれ、レオンハルトオオォォォォッ!!」

ロランの槍から稲妻が走る。レオンハルトはそれを炎で迎え撃ち、そして、
視界が真っ白に染まった。

＊＊＊

記者達がすし詰め状態になりながらも、その姿を絵と文字に写すために必死に筆を走らせていた。中心にいるのはオルタンシア教皇聖下とレオンハルトである。

ここは中央教会の中庭である。ミモザはその光景を教会の回廊の柱の陰からこっそりと覗いていた。

あの時、決着は一瞬でついた。

ロランの雷とレオンハルトの炎のぶつかった光が収まると、そこに立っているのはレオンハルトのみであった。

「うぐぅ……」

ロランは苦しげにうめきながら、しかしまだ抗《あらが》おうとなんとか手で地面をつかみ、膝を立てる。

「やめておけ」

レオンハルトはそんな彼に近づくとその首筋へと刃を突きつけた。

「そのていたらくでは抵抗するだけ無駄だ。あなたには色々と聞きたいことがある。ご同行願おう」

その瞬間、ロランはニヤリと笑い自分の胸元へと手を伸ばし、——その手をレオンハルトに蹴りつけられて仰向けに転がった。

すかさずそれ以上動けないようにレオンハルトがロランのことを押さえ、胸元を探る。

「レオン様」

「どうやら自爆装置のようだな。小規模だが爆発物が仕掛けられている」

息を呑む。すぐにレオンハルトはその装置の動力と思しき魔導石を取り除き、ロランを昏倒《こんとう》させた。

「よくやった、ミモザ。謎の多い保護研究会の一員を捕獲できたのは大きな収穫だ」

「死傷者はその方を除けばいません」

「素晴らしい」

レオンハルトが立ち上がる。褒めるようにミモザの肩を叩いた。ミモザは先ほどまで背にかばっていた三人を振り返る。三人とも惚けたような、本当に終わったのか疑うような表情で立っていた。

ミモザも同じ気分だった。

そして本日、いろいろな事について世間への報告が一通り済み、後始末が終わったあとで会談が行われることになった。

一体誰と誰の会談か。答えは簡単だ。

教皇聖下ならびにレオンハルトと被害者遺族の会の代表との会談である。

今はその前座として、彼らはレオンハルトの用意した『ある物』を見に来ていた。

「これは……」

その『ある物』を見て、ジェーンはそれ以上何も言えずに立ち尽くす。

レオンハルトは風を切って歩くと、その『ある物』の目の前でかしずいた。

それは慰霊碑《いれいひ》だった。巨大な白い大理石が天高く伸び、そこには細かく何事かが刻まれている。よくよく見るとそれは人の名前のようだった。数えきれないほどの数の人の名前が刻まれ、そして少しの空白の後、その勇敢さを讃《たた》えると共に安らかな眠りを祈る言葉でその文字列は締めくくられていた。

塔の試練で命を落とした者たちの名前が刻まれているのだ。

レオンハルトは慰霊碑へと向かい何事かを静かに伝え、そして手に持っていた白百合の花束をそこへ丁寧に供《そな》えた。

そうして立ち上がるとジェーンを振り返る。

「どうかジェーン様もこちらへ。……手を合わせていただけませんか」

「これは……、これは、どういう……」

「申し訳ありません」

神妙な顔でレオンハルトは謝罪した。

「彼らは俺の救えなかった方々です。魂を鎮《しず》めるために、そして俺の力不足を忘れないために、ここに名を刻ませていただきました」

無力さを嘆くように彼は力無く首を横に振る。

「彼らは本当なら、今頃俺たちの同僚となっていたはずの勇敢な騎士達です」

その言葉にジェーンは、ハッと顔を上げた。レオンハルトの方を見ると、彼は悔しげな表情を隠すようにうつむいた。

「彼らの死を、悔《くや》しく思います。もちろんエリザさん、……あなたの娘さんの死も」

「ああ……っ！」

ぼろぼろとジェーンは涙を流した。その口は小さく動き、「エリザ、エリザ」と娘の名を呼んでいるのがわかる。その泣き崩れる背中をレオンハルトは無言で支えた。

長い時がかかり、やっとジェーンは顔を上げた。その目は真っ赤に腫れている。その間ずっと急かすこともなく背中を支えていたレオンハルトに手を取ってもらい、彼女はやっとのことでその慰霊碑の前へとたどり着いた。そのままゆっくりとうずくまるようにこうべを垂れる。その手は合わされ、祈りを捧げていた。

「……ありがとうございます、レオンハルト様」

やがて、ぽつりと声が落とされた。

「ありがとうございます。ありがとう、ごめんなさい、ごめんなさい……」

再び泣き崩れるジェーンのことを、報道陣からかばうようにレオンハルトが肩を支え、教会の中へと導《みちび》いた。

その様子をしっかりと記者達は絵に描き、文字に起こしているようだった。


「たいしたパフォーマンスだね」

ふいにミモザに話しかけてくる声があった。振り返った先にいたのは新緑の髪に深い森の緑の瞳を持つ青年、マシューだった。

「ええと……」

「マシューだよ」

「マシュー様」

ミモザのそんな様子に諦めたようにため息をつき、「別にいいけどね、緊急事態だったし、俺は裏方だし？」とマシューはぶちぶちと言う。

一通り愚痴《ぐち》って満足したのか、こちらを真っ直ぐに見つめると、彼は頭を下げた。

「申し訳なかった」

「あの……？」

「やり方についての指摘《してき》はごもっともだった。あれは最低な行為だ。今後はもうしない」

「してもいいですよ、別に。言ったでしょう、僕も悪いことをする側の人間です」

「しない。もうそう決めたんだ」

何かを切り捨てたような顔で彼は言った。何かを失ったようなのに、その表情はどこか清々《すがすが》しい。

「でも塔の運用に関しては……、もっと改良できると思ってる。だからこれからも活動はするよ。

今度は正攻法で、もっと視野を広げた現実的な案を模索《もさく》する」

「……はぁ」

正直それを自分に言われても、とミモザは困る。眉を寄せるミモザのことをマシューは軽く睨《にら》んだ。

「でもまぁ、あんたも大概《たいがい》ひどかったから、お互い様だとは思ってるよ」

「そうですか」

ミモザは無表情にそう相槌《あいづち》を打った。

それにはぁ、とマシューはため息をつく。

「あんた、つくづく俺に興味ないのな。まぁいいや」

じゃあな、とマシューは踵《きびす》を返す。ジェーンのもとに向かうのだろう。彼は確か被害者遺族の会の作戦参謀だったはずだ。

ああ、と言い忘れたことがあることに気がついて、ミモザは「マシュー様！」と呼び止めた。

「パフォーマンスじゃありませんよ」

「え？」

「さっきの」

慰霊碑を示してみせる。

「あれは儀式です。ご家族の死に向き合うための」

本当にあれで向き合えたかどうかは知らないが、それなりに効果のありそうな反応ではあった。

マシューはミモザの言葉にわずかに目を見張ると、「そうかよ」と頷いた。

「なら、俺もあとで拝《おが》んでやってもいいかもな」

「ぜひ、どうぞ」

ミモザは微笑んだ。

「他の仲間の方々もぜひ、ご一緒にお越しください」

教会の中庭にある慰霊碑だ。訪れるだけで自然と交流が生まれるだろう。

人は『顔見知り』には優しくなるものである。

これは教会と被害者遺族の会が『なあなあな関係』になる足がかりになるだろう。

＊＊＊

「なに？」

その報告にレオンハルトは不機嫌そうに眉をしかめた。報告に来た騎士はびくりと身を震わせる。

「それは確かなのですか？」

「は、はい！」

オルタンシア教皇の問いかけに、彼は頷く。

「今朝未明、保護研究会の幹部を名乗る老人の姿が牢の中から忽然《こつぜん》と消えました。おそらく……」

騎士は緊張と畏怖でひりつく口内を少しでも潤すように唾を一つ飲み込んだ。

「脱獄したものと思われます」

その瞬間放たれたレオンハルトの威圧感と怒気に、年若い騎士は失神してしまいたいと切に願った。

幕間　夢2

「ミモザ？　何をやっているの？」

扉を開いて広がった光景にステラは絶句した。

部屋の中の棚という棚は開けられ、中に入っていた物はすべて引き出されている。

その荒れ果てた部屋の中心には、ミモザの姿があった。

「それ、わたしの……」

「……っ」

ミモザは手に握っていたネックレスを乱暴に地面へ投げ捨てた。そのまま開いていた窓から外へと飛び出す。

「ミモザ……っ!!」

ステラが窓を覗き込んだ時にはもう、ミモザの逃げ去る後ろ姿は小さくなっていた。

「あいつ、泥棒かよ……」

後から部屋に入ってきたアベルがぼやく。

「あの子ったら、魔導石だけじゃなくて他のものまで盗もうと……」

「通報するかい？」

マシューが尋ねてくるのに、ステラは首を横に振った。

「いいえ。……あの子はわたしの可愛い妹だもの」

その頬には一筋の涙が伝っていた。


「……ううう、窃盗罪」

最悪な目覚めである。チロは窃盗罪くらいなんだ、と鼻を鳴らして見せた。

「あー……」

以前ゲームの『ミモザ』の悪行を思い返した時、魔導石を奪ったり、塔に入ろうとするのをいちゃもんをつけて妨害したりしたことは思い出せたが、どうやら普通に他の物も漁っていたようだ。

「泥棒キャラなんだろうか……」

何にせよ最悪な目覚め、最悪なスタートである。

そう、スタート。

初めてレオンハルトに出会ってから、三年の月日が経過していた。

結局あれからミモザは王都と家を行ったり来たりする生活を送っていた。一ヶ月を村で過ごし次の一ヶ月は王都、また一ヶ月は村、といった具合である。たまに突発的に呼ばれて王都に行くこともあったため、心理的な距離感はもはや第二の実家のように思い始めている。

途中、十三歳になって以降、レオンハルトから『さっさと塔を攻略してこいオーラ』を感じていたが、ゲームとストーリーがズレることを恐れてずっと適当な理由をつけてスルーしていた。

それに何より、ステラから聖騎士の座を奪うために同じタイミングで王都の御前試合《ごぜんじあい》に挑《いど》みたかったのだ。ミモザが先回りして奪ってやってもいいが、やはり正面から堂々と、同じ立場でやり合って勝利してやりたい気持ちのほうが勝《まさ》っていた。

（まぁ、僕の気持ちの問題だけど……）

そして本日、学校の卒業試合からこのゲームは開始する。

ステラは『勝利』という栄光から、そしてミモザは『敗北』という屈辱《くつじょく》からこの物語は始まるのだ。

ふぅ、と深く息を吸って吐く。

「とりあえず、勝率を上げるおまじないを……」

ミモザはもそもそと布団から這い出た。

第九章　ここから本編の始まり

（……ついに来てしまった）

ミモザの前にはもはや懐かしい学校の校舎がある。

恐《おそ》れているのか、それとも期待に胸をふくらませているのか、もはやミモザにもわからない。ただ興奮していることだけはわかる。

泣いても笑っても、一回だけの卒業試合だ。

（ここで勝つ。運命を変える）

無論、最終目標は聖騎士だ。王都での御前試合での勝利である。しかしここで勝てれば、それだけでゲームのストーリーから外れることができるという証明になるのだ。それは何にも代えがたい自信をミモザに与えてくれるだろう。

ゆっくりと歩いて校庭へと入る。もう試合会場には生徒が集まっていた。開始時間ぎりぎりを狙ってきたかいがあり、ミモザの到着は最後の方のようだ。

でかでかと掲示板に張り出された対戦表を見る。

（ゲーム通りの展開だなぁ……）

ミモザはちょっとがっかりした。

ゲームでの卒業試合はまず主人公であるステラがモブの生徒と戦うというチュートリアルから始まる。そしてその次にミモザはステラと戦うことになるのだ。

ちなみにステラが戦っている間のミモザに対戦相手はいない。つまりミモザの初戦の相手はステラである。謎のシードのような現象が起こっているが、これはどうやら人数がうまく割りきれず、一人余ってしまうための措置《そち》らしい。つまりミモザがシード権を持っているわけではなく、ステラの戦う回数が他の生徒よりも一回多いのだ。これはステラが優秀な生徒であり、他の生徒よりも強いからという理由であると考えられる。

(ゲームの記憶からなんとなくそうかなぁとは思ってたけど……)

こうやって改めて現実に突きつけられるとくるものはある。

ミモザは初戦でステラと戦うのである。

(まぁ、そりゃそうか)

ミモザは『落ちこぼれキャラ』である。決勝戦まで勝ち進んで負ける、などという華々しい戦歴は与えてくれないだろう。

つまりゲームのミモザは初戦敗退、そしてステラは優勝で卒業したということだ。

「……なんか僕がグレたのは必然な気がしてきた」

「チチッ」

肩を落とすミモザに、『今日は相手をぶち殺すつもりで行くぞ』とチロが発破《はっぱ》をかける。

「何が必然なの?」

その時、鈴の音を転がすような声がした。弾《はじ》かれたように振り返る。

「……お姉ちゃん」

「もう、ミモザったら、お寝坊さんなんだから。一緒に行こうって言ったのに！」

そこには頬をふくらませて可愛らしく怒るステラがいた。

長いハニーブロンドは試合のためか、落ちてこないように編み込んで結い上げている。服装もいつもの可愛らしいひらひらとしたワンピースではなく、レースやフリルは付いているもののしっかりとした生地の、丈夫で動きやすそうなスカートになっていた。騎士服を模《も》したようなジャケットも羽織っており、可愛らしさと凛々しさの混在した絶妙なバランスの服装だ。

（ゲームと同じ服装……）

「ミモザ？」

訝《いぶか》しむような声にミモザはハッと我に返る。

「どうしたの？　具合が悪い？　なら今すぐ先生を呼んで……」

「だ、大丈夫だよ、お姉ちゃん！　ちょっと緊張してただけ！」

慌てて手と首を振って否定する。ステラはまだ少し疑わしそうにしていたが、「少しでも具合が悪かったら我慢しちゃダメよ」と釘を刺すに留めてくれた。

「ミモザは本当に危なっかしいんだから！　一人にしておけないわ！」

「え、へへへ……」

とりあえず笑って誤魔化すミモザである。ふと、姉の後ろに見知った姿を見つけて顔をしかめた。

「……アベル」

「あ！　そうなの！　アベル！　ほら、こっち！」

ステラが何もわかっていないような態度でアベルのことを呼ぶ。その場から立ち去るタイミングを逃し、ミモザはアベルと対峙するはめになってしまった。

「ミモザがお寝坊さんだからアベルと一緒にいたのよ」

久しぶりの再会に、アベルは神妙な顔をしていた。そして緊張した面持ちで「ミモザ、俺……」と口を開く。

「謝らないで」

それにミモザは機先《きせん》を制した。その言葉にアベルが何かを勘違いしたかのようにほっと息を吐くことに、ミモザは眉を寄せる。

「アベル、僕はね、おまえの自己陶酔《じことうすい》に付き合う気はないの」

アベルは息を呑む。ミモザは無視してまくしたてた。

「僕はおまえを許さない。だから謝らないで、勝手に肩の荷を下ろさないで、すべて終わって過去のことのように振る舞わないで、一生自分のやったことを忘れないで」

手と声が震える。強くなったはずなのに、あの頃とは違うはずなのに、未だに身体が恐怖を覚えている。そのことが許せなくて、ミモザは手のひらをぐっと握りしめて無理矢理震えを止めると、アベルのことを強く睨《にら》んだ。

「僕はおまえを許さない」

「……どうすれば、許してくれる」

ミモザの話を聞いていなかったかのような切り返しに苛立つ。何をしても許さない、と言おうとして、ミモザは少し思い直した。

「僕と同じ目に遭《あ》えば」

アベルが驚いたような顔でこちらを見た。その瞳をじっと見つめ返してミモザは続ける。

「毎日毎日罵倒《ばとう》されて、暴力を振るわれて、これが一生続くんじゃないかって絶望してよ」

その言葉を聞くアベルの瞳にうつる感情は一体なんだろうか？　興奮状態のミモザにはわからない。

「できるものならやって見せてよ」

「…………っ」

アベルが目をそらしてうつむいた。その傷ついたような態度に余計に腹が立ったが、いままでとは違い目をそらしたのがミモザではなくアベルであったことに多少の溜飲《りゅういん》が下がる。

以前までは、傷ついてうつむくのはミモザだった。

（もう今までの僕じゃない）

強くなった。強くなったのだ。

（アベルのことなんて、いつでも殺せる）

何度夢見たことか。自分の手でその顔を殴り、黙らせることを。それはもはや夢ではないのだ。やろうと思えばやれる。今のミモザならば。

（やらないけど！）

ふんっ、とミモザはアベルのことを鼻で笑ってやった。アベルのような『低次元な』レベルに合わせた行為をやり返すつもりはなかった。

「もう！　ミモザ！　どうしてそんな意地悪なことを言うの？」

そこに空気の読めない声がする。ミモザは半ば嫌々そちらを向いた。

「お姉ちゃん……」

「アベルはちゃんと反省してるんだから……」

「ステラっ！」

しかしその声を止めたのはアベルだった。彼は青白い顔で、しかしきっぱりと言う。

「いいんだ。俺が悪い。ミモザの言うことは正しい」

「アベル……」

ステラは瞳を潤《うる》ませて彼を見た。

（なんだこの空気……）

呆然と立つミモザに、チロはその肩をとんとん、と叩いて注目を促すと親指でくいっと校庭の中心あたりを指さした。

その目は『こいつらもう放っておいてあっち行こうぜ』と言っている。

ミモザはそれに無言でこくりと頷き、ゆっくり、ゆっくりと後退りをしてその場からいなくなろうとして――……、

「ミモザっ！」

失敗した。ステラはミモザのことを真っ直ぐに見つめてくる。

猛烈《もうれつ》に嫌な予感がした。

「この試合でわたしが勝ったら、アベルと仲直りしてちょうだい！」

予感は的中した。

「な、なんで……」

ミモザは思わず後退る。

「なんでもよ！」

「ステラ、いいから……」

アベルが止めようとステラの肩に手をかける。

（そうだ！　止めろ！　おまえの責任で止めろ！）

ミモザは心でエールを送った。しかし、

「ミモザ！」

ステラはその手を払いのけた。そのままミモザに詰め寄る。

「このままなんていけないわ。許されないまま、許さないままだなんて絶対によくない！」

（いや、それ決めるのお姉ちゃんじゃないし）

と、内心で思いつつ姉の迫力に負けて言い出せないミモザである。

結局ミモザが言えたのは「い、い、いやだ」という弱々しい言葉だけだった。

「ミモザ」

「いやだ」

「ねぇ、お願いよ」

「いやだぁ」

「ミモザだってお友達が減っちゃうのは嫌でしょ?」

「いやだぁ」

あ、しまった、と思った時にはもう遅かった。恐る恐る姉を見ると、彼女は満面の笑みを浮かべていた。

「そうよね! わかってくれるわよね! ミモザ!」

「いや、ちがっ、そうじゃなくて!」

「約束よ! わたしが勝ったら仲直り!」

そう言ってミモザの両手を取りステラはぶんぶんと振り回すと、教師から集合の合図がかかったことに気づいてそちらへと行ってしまった。

「い、いやだぁ……」

ぽつんと一人その場にたたずんで、ミモザはぽつりとつぶやいた。

そしてちょっと泣いた。

肩に乗っているチロがなぐさめるようにその頬をぽん、と叩く。

ミモザにとって別の意味で負けられない戦いが始まった瞬間だった。

学校生活がうんぬん、これからの人生がかんぬん。

校長が何か長い話をしている。それをぼんやりと眺めていると、やっと話が終わったのか壇上から降りていった。

「生徒代表」

アナウンスに答えて「はい！」と元気よく返事をしたのは、当たり前のようにステラだった。

「宣誓《せんせい》！」

そのまま選手宣誓《せんしゅせんせい》を始めるのをぼんやりと眺める。これから始めるのはそれなりに暴力的な行為のはずなのに、それは随分と牧歌的《ぼっかてき》な光景であった。

定型文《ていけいぶん》のそれはすぐに終わる。ステラの美しいハニーブロンドが青空によく映《は》えた。くるりと身をひるがえして壇上から降りるその姿はすらりと背筋を伸ばし、自信に満ち溢れている。

ぶるり、とミモザは身震いをした。

段々と、ゲームの本編が始まったのだという事実に実感がともなってきたのだ。

ステラの姿、選手宣誓の言葉、あらゆるところに既視感が溢れている。

どきどきと心臓が脈打つ音が聞こえる。じっとりと汗が滲み出てきていた。教師の指示に従い、試合のための場所へと移動する。

田舎の村の生徒の数などたかが知れていた。そのため試合会場のコートは二つしかない。ただ校庭に長方形に縄で印がつけられただけの場所だ。

そのうちの一つへとステラは案内されて立った。対面には先程のトーナメント表にレインと書かれていた男子生徒が立つ。

「用意を」

審判役として立つ教師が、生徒達に告げた。それを受けて二人はおのおの自らの守護精霊を武器の姿へと変える。レインの守護精霊、精悍《せいかん》な灰色の犬の姿をしたそれは弓矢へと姿を変えた。そしてステラの守護精霊、翼の生えた猫の姿をしたティアラは美しい銀色のレイピアへと変身する。レイピアは刺し貫くことに特化した、細身だが鋭く尖った剣だ。その外見はとても華奢でともすれば優美にも見える。しかしその鋭さはきらりと日の光を反射する銀色の輝きをみれば明らかであり、その美しさと武器としての鋭さの共存する姿がまるでステラ自身をあらわしているかのようだった。

「試合時間は二十分。決着がつかなかった場合は仕切り直しとする。それでは、用意……」

二人は無言で武器を構えた。

「始め！」

教師の号令と共に卒業試合の幕は開けた。

最初に動いたのはレインだ。彼は弓矢を構えると矢を素早く放つ。放たれた矢はただの矢尻のついた棒ではない。それは放たれた途中で四つへと分裂するとそれぞれが鋭くうねり、別々の角度から放射線を描いてステラを強襲《きょうしゅう》した。

「……ふふ」

しかしステラはその美しい唇を吊り上げて笑った。サファイアの瞳が輝き、その矢の動きを捕らえる。彼女の周囲には瞬時に鋭く尖った氷の破片が生成された。それはステラを守るように宙へと浮いたまま留まり、そして向かってくる矢を難なく撃墜《げきつい》した。

「まだだ！」

レインは叫び、さらなる矢を放つ。それをステラが再び氷の破片で撃墜する前に、

「爆発しろ！」

その声と共に鈍い爆発音がいくつも響き渡り、周囲に土煙が舞った。

どうやら矢には火薬がついていたようだ。爆発により、一時的にステラの姿は巻き起こった土煙と硝煙で見えなくなった。しかしそれはすぐに晴れた。

レインがトドメを刺すために構えた弓矢が放たれる前に、煙の中から氷晶《ひょうしょう》が地面を削るように一直線に彼へと走った。瞬時に生成された氷の勢いにより土煙が割れるように左右へと裂かれ薄まる。

「……ぐっ！」

その氷晶を避けてレインは地面に受け身を取りながら横っ飛びで転がった。そしてすぐに起き上がろうとして目を見開く。

鋭いつららのような氷の破片が目の前に迫っていたからだ。

それらはとてつもない速さで彼の手足の動きを奪うように服のすそやズボンをかすめた。その氷の触れた手足は瞬時に凍りつき、地面へと縫い止められる。

「とてもすごい技ね。びっくりしちゃった」

土煙を振り払うように真っ直ぐに歩いて、彼女は彼の前へと立った。美しいハニーブロンドの髪

が風に揺れる。そのサファイアの瞳は面白がるような色をたたえ、口元にはかれた笑みは完璧に整っていた。

とても「びっくり」しているようには見えないような傷ひとつない整った装《よそお》いで、彼女は地面に貼り付けられてぴくりとも動けないレインの首元へと悠々とレイピアを突きつける。

「でもね、わたしの勝ちよ？」

にっこりと春の花のように微笑んで、彼女は小首をかしげて見せた。

レインは諦めたようにがっくりと肩を落とし、その試合を見守っていたギャラリー達はその完璧な勝利に歓声を上げた。


（やべぇ……）

その完全に暖まりきった空気の中、ミモザだけが冷や汗をだらだらと流して立っていた。

（マジかよ）

化け物か。

そうかそうか、自分の姉は化け物だったのか、ならば敵わなくても仕方がない。とちょっと現実逃避を試みるが、そうは問屋が卸さないと言わんばかりに肩に乗っていたチロに針で耳たぶをつつかれてミモザはその痛みに泣いた。

この痛みは現実だ。

頭ではわかっていてもこうして目の前に突きつけられると辛いものがある。

『あれ』に今からミモザは勝たなくてはならないのだ。

「……………逃げちゃダメ？」

一応確認してみた。

「ヂーーー！」

いつもよりもワンオクターブほど低いどすのきいた声でチロはそれをはねのけた。

チロの言うことには『敵前逃亡《てきぜんとうぼう》は死だ』。

「……ですよね」

どうせただちょっと確認してみただけだ。本気ではない。ミモザは気を取り直すように大きく息を吸うと、ゆっくりと吐いた。

「…………よし」

パン、と活を入れるためにほっぺたを両手で挟むようにして叩く。

「僕たちには勝つしか道がない。……いくよ」

「チチチッ」

チロが拳を振り上げる。

『容赦をするな、ボディーを狙え』とチロは言った。

＊＊＊

そして今、ミモザの目の前にはステラが立っていた。

彼女の美しいサファイアの瞳が、情熱に燃えて凛とこちらを見据えていた。

「用意を」

審判役の教師に促され、お互いに守護精霊を武器の姿へと変える。

ミモザのチロはメイスへと。

そしてステラのティアラは再び美しいレイピアへと姿を変えた。

ぞくぞくと、手足が震える。ゲームの姿通りの彼女が目の前にいる。

(これは怯えじゃない)

武者震いだ。

こうしてここに今ミモザが立てているのは、レオンハルトとの修行により自信がつき勇敢になったから――、では決してない。

ミモザは何も変わらない。小心者で臆病で、優れた姉に嫉妬をするどうしようもない小悪党のままだ。ひとつだけ前世を思い出す前と違うことがあるとするのならば、それは自身を無力な存在だとは思っていないことだ。

学習性無力感《がくしゅうせいむりょくかん》というものを知っているだろうか？

その名の通り、それは無力感を学んでしまう現象のことである。何度努力をしても、努力をしなくても痛い目に合うというマイナスの体験を繰り返すことで、何をしても自分は事態を好転《こうてん》させられないと学んだ動物はいつしか努力を諦めてしまうというものだ。

ゲームのミモザはきっとそうだった。周りに評価されないのは、姉に何もかもが敵わないのは、すべて自分が能無しなせいで自分はどんなに努力をしてもダメなのだと思い込んでいた。

しかし今のミモザは違う。前世の記憶を思い出したミモザには『騎士おとっ！』のゲームのシステムやストーリーという概念がある。ゆえに悪いのは自分だけではなく、ゲームのシステムでありミモザにあてがわれた役回りがたまたま不運だったのだと知っている。

この世界にミモザにとって不利に働くカラクリがあることを知っているのだ。

すべてがミモザ自身のせいではない。

そう思えばまだ頑張れる。

まだ、頑張れば自分は変われるのだと、その可能性を信じて努力することができる。

ミモザはメイスをゆっくりと握り直し、顔を上げた。

目の前には鏡映しのようにうり二つの少女が立っている。

目の前に立つ双子の姉の目に不安の色はない。いつだってそうだった。彼女は自信にあふれ、自身の存在価値を疑わない。

(僕なんかに負けないって思ってるんでしょ)

ステラがレイピアを正面に構える。ミモザもメイスを構えた。

(だからあんな賭けを持ち出したんでしょ？)

勝つと信じているから、軽々しく『賭け』なんてものを持ち出せる。

(そういえば……)

ミモザが勝った時の対価《たいか》を決めていなかったな、と思う。ミモザもだが、それくらい自然に彼女は自分の勝ちを確信しているのだ。

「お姉ちゃん、僕が勝ったら何をしてくれるの？」

そう尋ねると、彼女は驚いた顔をした。

「あら、そういえばそうね。うーん……」

そうして彼女は少し小首をかしげて考え込み、しかしすぐに閃いたのか顔を上げた。

「じゃあ、わたしにできることならなんでも」

花がほころぶようににっこりと笑う。

「………そう」

本当に軽々しいな、とミモザは思う。しかし別にそれでいい。今は、

（せいぜい油断すればいい）

ミモザは一度目を閉じて、開いた。

「その言葉、忘れないでね」

「もちろんよ、ミモザ」

余裕の表情で彼女は頷く。その微笑みはどこまでも整っており美しかった。

「両者、準備はいいか？」

二人は同時に頷く。その姿は鏡写しのように瓜二つなのにその表情は正反対だ。

一人は微笑んで、
そしてもう一人は無表情だった。

「試合時間は二十分。決着がつかなかった場合は仕切り直しとする。それでは、用意……」

審判が手を振り下ろす。

「始め！」

戦いの火蓋は切られた。

その言葉と同時に、まず動いたのはステラだった。彼女がレイピアをまるでステッキのように振ると、そこから氷の破片が次々と放たれた。それをミモザは走って避ける。

（学校の履修《りしゅう》程度でこの威力かよ！）

先程も試合を見て知ってはいたが、こうして自身に攻撃を向けられて改めてその桁違いの威力を実感する。ミモザの目の前で地面に突き刺さった破片はそのまま周囲を凍らせ、あっという間にコートの三分の一は氷に包まれてしまった。あまり放っておくと足を取られる可能性が高いため、できる限りでメイスを振るい氷を破壊する。

レベルは三年間修練を積んだミモザのほうが高いはずだ。しかし現時点でＭＰ量も魔法の威力もステラの方が上回っている。

ステラから弾幕のように放たれ続ける氷を避けながら、ミモザは棘《とげ》を伸ばして反撃を仕掛けた。しかしそれはあっさりとかわされる。当たり前だ。ミモザの棘は直線でしか攻撃できないため、長距離を取られると軌道《きどう》が読みやすい。その上コート上では遮蔽物《しゃへいぶつ》も何もないのだ。複数の棘を伸ばしたところでその数はたかが知れているし、起点が同じ以上あまり数の利点はない。

そして今回は試合なので時間制限がある。消耗戦は狙えない。

本当に不公平だと思う。ステラのその才能の半分でもあれば、ミモザはきっと救われたのだろう。

だってステラはまだ、持っている属性攻撃のうち一つしか出していないのだ。

ステラの持つ属性は二つ。それは最初から目覚めている。一つは氷、そしてもう一つは——、

「ミモザ」

その時ステラが口を開いた。その唇は褒めるように慈悲深い微笑みをたたえている。

「戦うのがとっても上手になったのね。お姉ちゃんは嬉しいわ」

「何を——」

「だからね、ミモザ」

彼女は慈悲深い微笑みのまま、レイピアを天高くに掲げてみせた。

「わたしのとっておき、見せてあげる」

その手が振り下ろされる。それはミモザには首を切るギロチンを想像させた。

彼女のもう一つの属性攻撃、光だ。

先程まで天高く掲げられていたレイピアの切っ先が、ミモザのことを指し示す。

(まずい……っ)

ミモザはとっさに防御形態を構えた。間一髪、そのレイピアから放たれた光の帯がチロの盾へとぶつかり爆ぜる。

「ぐ……っ!」

その攻撃の重さにうめく。彼女の最強の魔法、光線銃《レーザービーム》だ。

この魔法は主人公であるステラの必殺技であり、ＭＰの消費量と溜め時間の長さによって威力の上がる技である。ゲーム中の戦闘場面で使うものは威力が少なかったが、ボス戦などのイベントでとどめを刺すモーションの際のアニメーションで使用される時の威力はとんでもなかった。だいたいは仲間の男性陣がステラが力を溜める時間を稼ぎ、技を放つ、といったパターンだ。それはそれは巨大な精霊の胴体に風穴を開けるぐらいとんでもなかった。普通にミモザが食らったら死ぬし卒業試合なんかで出していいものではない。

（う、撃ちやがった……）

ミモザが防げなかったらどうしていたのだろう。きっと今頃スプラッタな光景が校庭には広がっていたはずだ。まぁそれを言ったら卒業試合そのものが物騒極まりないが、しかし使われる技の多くは寸止めが可能であるかあたっても死なない程度のものに配慮されている。

ちらり、とミモザが審判の教師を見ると彼はちょっと顔を引きつらせて引いていた。引くくらいならば止めて欲しい、切実に。

正直、王都の御前試合ならともかく、今回の試合では出てこないと思っていた技だ。

（これは早々に片をつけないとダメだ）

じゃないと死んでしまう、ミモザが。

「すごいわミモザ。簡単に防げてしまうのね」

周囲に花を飛ばして無邪気に笑う姉に、ミモザはぞぞっと身を震わせた。ミモザがうっかり死んでしまっても「あら死んじゃったわ、ごめんなさい」で済まされてしまいそうな恐怖を感じる。

（さすがにそんなことはない……、よね？）

チロは『そんなことあるだろボケェ』とメイスの姿のまま身を震わせてミモザに訴えてきた。

ふぅ、と自分を落ち着かせるように息を吐く。そしてその深い湖面のような瞳で、ミモザは冷静にステラのことを見据えた。

ミモザに勝機があるとすれば、一つだけだ。

それは――、

「筋肉こそ！　最強!!」

気合いと共に一気に距離をつめる。氷の破片が襲ってくるが、それを避けることはせず全てメイスで叩き壊した。わずかに頬や足をかすめるものは無視をして、致命傷だけを避けて突き進む。手足が凍るがそれも無視した。地面と接着しようとして前進するのに邪魔になりそうな氷だけ、メイスの棘を伸ばして足から皮膚ごと削り落としながら駆け抜ける。長距離戦では勝ち目がない。勝つためにはなんとか近距離戦に持ち込まねばならない。ステラもミモザの狙いを悟ったのか氷を放ちながら距離を取ろうと動くが、遅い。ミモザはずっと鍛えてきたのだ。

筋トレを欠かさず行ってきた。走り込みだって毎日続けている。そして戦闘経験ならば圧倒的に積んでいる。その分の筋力が、速度が、判断力が、ミモザにはある。

ミモザはそのまま懐へと飛び込むと、メイスでレイピアを殴りつけた。ただでさえ重量級の武器である。遠心力で勢いがついているし、なによりも、

「筋トレの成果を見よ！」

ステラよりもミモザのほうがマッチョである。

ステラが防御形態を展開しようとするが、もう遅い。

ミモザはステラのレイピアをホームランよろしく殴り飛ばした。

「……いっ！」

「筋肉の、勝ちだーっ‼」

レイピアが空を飛ぶ。姿勢を崩し、動揺してそれを目で追うステラの喉元にミモザはメイスを突きつけた。

「…………っ」

「しょ、勝者、ミモザ……」

審判の声は半信半疑だった。誰もがステラが勝つと思っていたのだ。まさか落ちこぼれで不登校なミモザが、優等生のステラに勝つだなんて誰が想像しただろうか。

「お姉ちゃん」

はぁはぁと息を整えながら、いまだに呆然と吹き飛ばされたレイピアを眺めるステラをミモザは呼ぶ。

彼女は信じられないという表情で、ゆっくりとミモザのことを見上げた。

立っているミモザは傷だらけで満身創痍《まんしんそうい》だ。対して座り込むステラはほぼ無傷だった。けれど、

「僕の、勝ちだよ」

じわじわと、笑みが口元に浮かぶ。口にした途端、勝ったのだと実感した。

「僕はアベルを許さない。だからお姉ちゃんはそのことに今後一切、よけいな口を挟まないで」

ミモザは青空を背に、満面の笑顔を浮かべる。それは先ほどまでステラが浮かべていた春に咲く花のように純真で無邪気な笑顔とは違う。

邪気を孕《はら》んだ、けれど棘を身にまとう薔薇《ばら》のようにあでやかな笑みだった。

＊＊＊

ミモザは優勝した。

全校生徒が並ぶ中を、優勝トロフィーを受け取るために悠々と歩く。

並んでいる中にはアベルはもちろん、他にもミモザをいじめてくれた奴らや無視していたクラスメイト達が整列していた。

それを横目で見つつ、ふん、と鼻を鳴らす。

壇上にたどり着くと校長が微妙な顔をして木製の小さな優勝トロフィーを持って待っていた。さもありなん。不登校児が優勝するなど前代未聞だろう。

「えー、では、優勝トロフィーを授与する。ミモザ君」

ごほん、と咳払いして校長はトロフィーを差し出した。

「優勝おめでとう」

「ありがとうございます」

ミモザは綺麗に礼をして優勝トロフィーを――……、受け取らなかった。

「辞退させていただきます」

「……は？」

にっこりと、惚《ほう》ける校長に微笑みかける。生徒や教員も含め、周囲がざわつくのがわかった。

「僕はこの学校に少ししか通っていません。そんな人間にこのトロフィーはふさわしくないでしょう」

ミモザの発言にますます喧騒《けんそう》が広がる。

「あ、あー、ミモザ君、そのようなことは……」

「ですのでこのトロフィーは、繰り上げで準優勝のアベルに譲《ゆず》りたいと思います」

どよめきの声が上がった。

(そりゃあそうだ)

ふふふ、とミモザはほくそ笑む。

ミモザとアベルの事件については皆知っている。その被害者が加害者にトロフィーを譲ろうというのだ。ミモザは戸惑う校長からトロフィーと、ついでに卒業証書ももぎ取ると、そのままスタスタと壇上を降りてアベルのもとまで行った。

「ミモザ……」

「あげる」

なかなか受け取ろうとしないアベルに苛立ち、そのままトロフィーを無理矢理押し付ける。

ふん、と鼻を鳴らす。格下と侮《あなど》っていた相手に勝ちを譲られるというのは一体どんな気分だろうか。

決勝で戦ったアベルのていたらくといったらなかった。直前の会話に動揺したのか、あるいはステラが負けたことがショックだったのか、はたまたその両方か、アベルはろくに実力も出せずに敗北した。まぁミモザは今までの恨みを込めて遠慮なくぼこぼこに殴らせてもらったのだが。

アベルはその瞳に戸惑いを浮かべたままトロフィーを持ち、「ミモザ、その……、これは……」としどろもどろに何事かを話している。

その態度をミモザは、どうやら更生は順調に進んでいるのだな、とつまらない気持ちで眺めた。レオンハルトが非常に残念そうに伝えてくれたので疑ってはいなかったが、実際に見るとなるほど、しらけるものだ。

どんなに真っ当になろうが善良になろうが、ミモザにとってクズはクズのままだ。行《おこな》った行動はなくならないし、今後の行動で帳消しになどなりはしない。しかしクズはクズらしくしてくれていた方が報復《ほうふく》しやすいのは確かだった。下手に更生されてしまうと今度はこちらが加害者になりかねない。

(グレーなラインで攻めるしかないかぁ)

どうやって報復してやろうかと考えていた内容を頭の中で整理する。とりあえず物理的に殴り返すというのは済んだ。あとはもう、まともになってしまったのならばまともなりに、罪悪感を一生感じて苦しんでもらうのが一番だろう。

あれほど恐ろしかったアベルが、急に小者《こもの》に見えた。なんだか馬鹿馬鹿しくなってミモザはアベルにぐいっと顔を近づける。

「み、ミモザ……っ」

「この学校の人達の評価なんて、僕は欲しくないの」

「……っ」

「偉そうにトロフィーなんて渡されたくないし、認めてもらいたくもない。加害者からは何一つ受け取りたくない。気持ちが悪いから」

アベルにだけ聞こえる声でそうささやいて、そのショックを受けて青ざめた顔に満足する。

「だから、あげる」

そう言って無言で立ちすくむアベルを放ってミモザは校門に向かって歩き出した。

呼び止める声はあったような気もしたが幸い大きな声ではなかったので気づかないふりをした。

もう二度とくることもないだろうな、と大した感慨《かんがい》もなくミモザは学校を後にした。


「ミモザ」

学校から出て家に向かっている途中、ふいに声をかけられた。その聞き慣れた声に一体どこからと周囲を見渡すと「こっちだ」と再び声がした。

「えっ、うわっ」

ばさり、と大きな音を立ててそれはミモザの目の前に降り立った。

レーヴェだ。

黄金の翼獅子はその背に主人を乗せて空から舞い降りてきたのだ。

彼は当たり前のような顔で守護精霊から降りるとミモザの前へと立った。

長い藍色の髪がさらりと流れ、黄金の瞳がわずかに笑みを作る。

「レオン様、どうしてここに……」

「今日が卒業試合だと言っていただろう」

平然と、彼はそれが当たり前かのようにそう言った。そうしてミモザと目を合わせると首をかしげてみせる。

「どうだった？　ミモザ」

「………っ」

（覚えていたのか……）

その瞬間、ミモザの胸がじんわりと熱を帯びた。多忙な彼が、あえて人と関わるような姿勢を見せることを嫌う彼が、それをおしてわざわざミモザに会いに来たのだ。今日がミモザの卒業試合の日だというだけの理由で。

「勝ちました」

ミモザは笑う。少し気恥ずかしさも感じながら、それでは言葉が足りなかったかと付け足す。

「優勝しました」

「そうか」

「でもあいつらが嫌いだったので、授賞式、蹴っ飛ばして来ちゃいました」

他の誰かに言えば、きっとそれは咎《とが》められる行為だろう。「大人げない」だとか、「試合とこれまでのことは関係ないだろう」とか、きっと諭《さと》されるに違いない。

（けど、レオン様なら……）

ミモザには確信があった。彼ならきっと、一緒に笑ってくれるに違いない。

果たして彼は、

「そうか」

もう一度そう頷くと、意地悪そうに口の端を上げてにやりと笑った。黄金の瞳がきらりと嬉しげに輝く。

「さすがは俺の弟子だ。よくやった」

その笑みは、悪辣《あくらつ》そのものだ。

「はい！」

ミモザも満面の笑みで頷き返す。レオンハルト同様、悪い顔をしている自覚はあった。そのまま二人で顔を見合わせてふっ、と軽く吹き出して、しまいには大きく声を上げて笑った。

とても晴れやかな気分だ。その時ミモザはこれまで生きてきて心にずっとかかっていたもやのようなものが、どこかに吹き飛んでしまったように感じた。

いままでの努力が報われたから？　それだけじゃない。ミモザと気持ちを共有してくれる人がいる。そのことがただただ嬉しい。

（きっと大丈夫だ）

だって、ミモザは卒業試合で初戦敗退どころか優勝し、ステラに負けるという運命に打ち勝ったのだ。

(レオン様がいてくだされば……)

レオンハルトの顔を見上げる。彼はミモザの視線に気づくと笑うのをやめてこちらを見返した。その黄金の瞳が柔らかく笑みの形を作る。

「どうした?」

「……いいえ、いいえ、そうですね」

ミモザは少し考えるように首をふると、再び顔をあげて彼に笑いかけた。

「ありがとうございます、レオン様。あなたがいてくださって、僕はとても嬉しい」

日の光の中で微笑むそのミモザの顔は、先程の卒業試合の時に見せた笑みとは違い、とても晴れやかで柔らかい、まるで雪が解けて始めに咲く花のように美しいものだった。

レオンハルトはその表情にわずかに目を見張った後、すぐに目を眩しそうに細めて「そうか」と穏やかに一言返した。

「はい」

ミモザはその目をしっかりと見返して微笑む。

これからのゲームで起きる出来事もきっと変えられる。そう信じることが今のミモザには可能だった。

第十章　エピローグ？

周囲には濃密《のうみつ》な黒い霧が立ち込めていた。霧のように見えるそれはある人物から放たれるオーラである。その証拠に、もっとも霧の深い場所に佇む人がいた。

いつもはリボンでまとめられている藍色の長い髪は無造作に背中に流され、理知的だった黄金の瞳は昏《くら》く淀《よど》み、全てを諦めたようだった。白い軍服は霧に覆われて、その身を守るように黄金の翼獅子が寄り添っている。その瞳は紅く、昏《くら》い光をたたえていた。

「どうして……」

ステラは絶望に顔を歪めた。その青い瞳からは次々に涙が溢れて落ちる。

「どうしてっ！　レオンハルト様っ!!」

「どうして？　それを君が聞くのか……」

レオンハルトは何かを投げ出した。それはオルタンシア教皇だ。彼は血まみれでぐったりとしていた。ステラはその姿に悲鳴をあげて駆け寄る。なんとか蘇生を試みるがどこからどう見ても手遅れなことは明白だった。

レオンハルトはそれを興味なさそうに見下ろしながら翼獅子に手を触れた。彼は心得たように自身を黄金の剣へと変じる。それを構えて、彼は告げた。

「君は聞いていたんじゃないのか？　知っていたんじゃないのか？　それとも本当に何もわからないのか……。まぁ、いい。もう、いい。何もかもがどうでもいい」

剣を振りかぶる。アベルがとっさに飛び出して、ステラのことを抱えて逃げた。

轟音《ごうおん》を立てて、レオンハルトの斬撃が空間を切り裂いた。そこだけ地面がぱっくりと割れ、軌道上の建物もすべてチーズのように焼き切れた。焦げた匂いと炎がちらちらと燃える。

「全てを壊す。この世界など、もうどうでもいい」

風に煽《あお》られて右目があらわになる。そのただれた皮膚と紅玉の瞳を見てステラとアベルは息を呑んだ。


「え？」

そこでミモザは目を覚ました。

窓の外からは朝日が差し込んでいた。ちゅんちゅんと小鳥がご機嫌にさえずる声がして、窓辺に佇んだチロが不愉快そうにその鳥達を見つめていた。

いかにも平和で陽気な朝である。

まさに物語の始まりにふさわしい、出発の朝だ。

「ええー……？」

そんな中、ミモザだけは昨日の勝利の余韻も忘れ、先ほど見た夢の中身を反芻《はんすう》してベッドの上で呆然としていた。

「どういうこと……？」

こてん、と首を傾げる。

爽やかな朝に、ミモザのそのつぶやきは吸い込まれて消えた。

書き下ろし番外編

イヤリングの話

「では、本日の訓練はこれまでとする」

淡々と無表情にそう告げたレオンハルトに、周囲で伸びていた教会騎士達はのろのろとなんとか立ち上がると、

「きりーつっ！　礼っ！」

一人の号令と共に姿勢を正し、一糸乱れぬ動きで礼をして見せた。

「ああ」

それに興味なさそうに一つ頷くと、そのままレオンハルトは藍色の髪をひるがえし足早に立ち去ってしまった。

途端にその場に弛緩した空気が流れる。再びでろん、と体から力を抜いて皆めいめいに空を見上げた。

空はまだ明るい。おそらくまだ午後四時に差し掛かったかどうかと言った頃合いだろう。

こんなに早く彼が『地獄の指導』を終えるのは珍しいことだ。

彼の異変はそれだけではない。今までは一体いつ休みを取っているのかというほどの働きぶりで、有給休暇のゆの字も知らない態度の上、残業、時間外業務のオンパレードのいつ呼び出しても駆けつけます体制だったレオンハルトが、なんとちょくちょく有給休暇を取るようになったのである。

更には定時に真っ先に帰るという姿まで時々だが見せるようになったのだから驚かない者はいなかった。

その上心なしだが、彼の身にまとう雰囲気が穏やかな日が増えた気がする。

年若い騎士達は空から視線を戻すと、ゆっくりと顔を見合わせた。

「やっぱりあの噂は本当なのかなぁ?」

地面にだらしなく伸びている中の一人がぼんやりとつぶやいた。


「これでも出来ましたかね?」

小指を立ててガブリエルは面白がるように笑った。

「まさか」

それに嫌そうな顔をしてオルタンシアは肩をすくめる。

「彼に限って女にうつつを抜かすなど」

「わかりませんよー、ああいうのに限ってハマるとドツボかも知れません」

ガブリエルの軽口にじろり、とオルタンシアが睨みを返す。それに「おっと」とガブリエルは口をつぐんだ。

少々言い過ぎたらしい。

(オルタンシア様のレオンハルト贔屓《びいき》にも困ったものだ)

そうは思いつつも余計なことは言わないガブリエルである。

オルタンシアとガブリエルは幼い頃からの仲だ。故に知っている。一度不機嫌になった彼の機嫌を取るのは容易ではないことを。

無論ガブリエルとてレオンハルトのことは好意的に見ている。何せ優秀な男だ。彼のおかげでなんとかなった案件が一体どれほどあるだろうか。

とはいえ年下の上司が色恋にうつつを抜かしていることがあれば愉快なのは確かだ。感謝しているとはいえ少しからかうくらいはしてもバチは当たるまい。

真面目な男が変わるのは古今東西、女の影響と相場は決まっているものだ。

「オルタンシア様はなぜだと思います?」

そうは思いつつもガブリエルは試しに聞いてみた。年上の上司の慧眼を拝むのも悪くはないだろう。要するに、今は急ぎの仕事がないので暇なのだ。

ガブリエルの問いかけにオルタンシアはしばし考え込むと「そうですねぇ」と思案するように口を開いた。

「イレギュラーな仕事でも請け負ったか、もしくは秘密の鍛錬でもしているのでしょうか?」

言いつつもあまり自信はないようだ。しかしまぁ、妥当な推測ではある。

プライベートのプの字もない男だ。そう考えるのが自然だ。

「ちょうど今度一緒に遠出する予定があるんでちょっと聞いてみますよ」

ちらり、と手元の書類を流しみてガブリエルは言った。

そこには「野良精霊　討伐《とうばつ》依頼」の文字が踊っていた。


鮮やかな炎がその巨大なとかげを焼き払った。

その巨体を最後の抵抗のようにうねらせながらも、ぱちぱちと音を立てて肉の焦げる音と共に燃える体はもはやコントロールがきかないようだ。

咆哮《ほうこう》を上げるように持ち上がった首に、再び真っ赤な炎が容赦なく襲いかかった。その斬撃は鋭い速さで分厚い鱗に覆われたその首を焼き切る。

どぉんっ、と重い音を立てて首が地面へと落ちた。

もうもうと立ち昇る砂埃にガブリエルは目を細める。

傷どころか汚れ一つない真っ白い軍服をひるがえし、彼はこちらを振り向いた。

金色の瞳がすべてを貫くような光を宿してこちらを見る。

「野良精霊は狩った。あとは巣の探索と群れを作っていないかの確認を」

「はいよー、それはこっちに任せな」

ガブリエルが軽く手をひらひらと振るとそれを受けて優秀な部下達は探索へと散っていく。

相変わらずの見事な手腕である。彼はまるで雑魚のように倒して見せたが、本来ならばあれは一個中隊《ちゅうたい》で慎重に対応すべき相手だった。

(英雄様々だねぇ)

とはいえ、それに慣れすぎるのも考えものだ。突出した人物というのは毒にも薬にもなる。彼に任せるのは非常に簡単だ。効率的で時間もコストも安く済む。しかしそれに依存するようになっては今後彼がいなくなった時に立ち行かなくなってしまう。そのあたりのバランスはうまく取っていかなくてはならない。

そのためガブリエル個人としては今回の変化を好意的に受け取っていた。

いままでのレオンハルトはあまりにも便利な仕事人間過ぎた。

もう少し仕事に割く時間を減らして簡単に彼に頼ることはできないのだという状況を作り出すのは良い兆候《ちょうこう》だろう。

「とりあえずひと段落したら飯でも食いに行こうぜ」

それはそれとしてその『良い兆候《ちょうこう》』をもたらしたきっかけが何かを聞き出さねばなるまい、と自らの好奇心を満たすためにガブリエルはレオンハルトをそう誘った。


しかし結局「店で一杯やりながら話そう」という提案はそっけなく断られてしまった。元々付き合いの悪い奴だ。レオンハルトがこの手の誘いに乗ってくれたことはほぼないと言って良い。仕事の後に一杯引っかけようぜと誘っては「まだ業務が残っている」と切って捨てられ、ナンパに誘っては無言で侮蔑《ぶべつ》の眼差しを向けられる。せっかく遠くまで出張に来たのだから土産の一つでも買わないか、と露店や観光街に誘っても「渡す相手などいない」ときた。これまでの数々の敗戦記録を振り返り、ガブリエルは仕方がねぇと「なら適当に屋台で飯でも買って帰りの馬車で食おうぜ」と断られづらい選択肢を提示した。基本的には効率的で時間を無駄にしない提案は断らない男であるため、その言葉には彼は無表情に頷いた。

それは屋台で食事を調達している時のことだった。食事など手早く食べられればそれで良いと思っているふしのあるレオンハルトが適当な握り飯と焼き串などを大して見もせずに買っている途中で、ある露天商で足を止めたのだ。食べ物とは関係のない、更には普段の彼ならば絶対に目に留めることはないだろうその店に、ガブリエルは驚くと同時に期待に目を輝かせた。

その店は女性向けの装飾品《そうしょくひん》を売っている店だったからである。

金細工の職人が出していると思しきその店は、なかなかに細やかで上品なデザインの物が多いセンスの良い店だ。露天商の割には少し値が張るためか客入りは少なそうだが、その値段相応の価値はあると判断されているのだろう、売れていないというほどでもないようだ。

慎重な野良猫が新しいおもちゃに興味を持ったことを邪魔しないように、ガブリエルは口出ししたい気持ちを抑えてその後ろ姿を見守る。そろりそろりと気配を消してその手元を覗き込むと、レオンハルトは花を模した可愛らしい髪飾りと菱形の石のついたイヤリングを見比べていた。どちらも使われているのはラピスラズリのようだ。繊細な金細工が施された美しい品だった。

「悩んでるのか？　髪飾りは相手の髪色と髪型を考慮する必要があるから難易度が高いぞ」

レオンハルトがそれを手に取ったあたりでもう良いだろうとガブリエルは声をかけた。その顔はニヤニヤとだらしなくやにさがっている。

「………なんでショートカットなんだろうな」

その顔をまんじりと見返して、しかし予想に反して特に嫌がる様子もなくレオンハルトはそう不思議そうに呟いた。その反応にガブリエルは一瞬驚愕した。

（レオンハルトが俺に相談……っ！）

しかも内容は女に買うと思しきプレゼントである。

悪くない反応だ。悪くない反応どころか良すぎる。これはなんとしてでもお相手について詳しく聞き出さねばなるまいとガブリエルは内心の興奮を隠しながらレオンハルトのその疑問に応じた。

「ショートカットなのか？　確かにショートカットにその髪飾りはきびしいな」

髪飾りはかんざしに近い形をしているため、扱いに慣れている相手なら短い髪にも着けられるかも知れないが、そうでなければタンスの肥やしになってしまう可能性が高い。

「ショートならイヤリングの方が良いかもな。髪型にもよるがショートにでかいイヤリングは映えるぞ」

「そうか……」

頷いてイヤリングを検分するレオンハルトに、ガブリエルは警戒されないように何気なさを装いながらそれとなく尋ねた。

「それ、誰にやるんだ？」

「……弟子にな」

しかしあっさりと返された言葉にガブリエルはあんぐりと口を開ける。

「弟子⁉」

「なんだ、言ってなかったか？」

「聞いてない‼」

再度驚愕するガブリエルを無表情に見つめて、レオンハルトは軽く一つ頷いた。

「別に知らなくても問題ないだろう」

「大問題だ！」

主にガブリエルの楽しみ的に大打撃である。

『あの』レオンハルトに弟子！　それも――、
髪飾りとイヤリングを見る。

（女の弟子！）

ガブリエルは慎重にそそそ、とレオンハルトに近寄るとさりげなさを装って、

「どんな子？　可愛い？」

まったく衝動が抑えきれずにストレートに聞いた。

それにレオンハルトはうろんな目を向ける。

「まず気にするのはそこか？」

「大事だろ」

はぁ、とため息をつく年下の上司が忌々しい。まるでガブリエルが浅はかだと言わんばかりだ。

「男だったらそこは気にするだろー。なんつーの？　もちろん実力とかも大事だけどよ。それは時間をかけねぇとわからねぇところだからさ。手っ取り早い情報としてはまずそこだろ？」

「………バカだ」

「おい」

「お前じゃない」

思わず半眼で突っ込むガブリエルに、レオンハルトはイヤリングを見比べながら言った。

「俺の弟子だ。馬鹿な子どもだ」

その口元は言葉とは裏腹にわずかに微笑んでいる。

(…………おやぁ？)

ガブリエルは思わずそわりと肩を揺らした。

正直からかう気持ち半分、面白がる気持ち三割、後の二割は悪ふざけだったわけだが。

(これはもしや本当に本当では？)

そういえば最近のレオンハルトはわりと機嫌の良いことも多い気がするな、とそこでガブリエルは思い出した。

定時に帰った翌日や、有給休暇の翌日はたいてい機嫌が良いのだ。

「……最近帰りが早いのとか休み多いのってお弟子ちゃんの修行？」

「ああ」

レオンハルトはあっさりと頷いた。

(これは……っ)

ガブリエルは目を見開く。

これは間違いない。

ガブリエルは背後を振り返った。

実は後ろに控えていた部下達がガブリエルの内心に同意するようにうんうんと頷く。

これは春だ。

今、ガブリエル達教会騎士団の心は一つだった。

(ぜひともその弟子を拝《おが》みたい！)

そうと決まればとガブリエルはレオンハルトの肩へと腕を回し、

「何歳？　髪と目の色は？　どこ住み？　てか紹介しろよ」

ここぞとばかりにうざがらみをした。それにうんざりとしたような視線をレオンハルトは向ける。

「そんなことを聞いてどうする。紹介する気はないがそのうち会うこともあるんじゃないか」

「聞いてどうするって、逆に聞かないでどうするよ？　聞くだろふつー。いやぁ楽しみだ。いままで見かけてないってことはもしかしてちょっと遠くに住んでるのか？　ショートカットのかわい子ちゃんかぁ、俺好きよ、ショートの女の子」

わくわくとまくし立てるガブリエルにいつものように無視でもするかと思っていたレオンハルトは、しかしガブリエルの予想に反して「……すなよ」と何かをぼそりと呟いた。

「え？」

聞き逃したガブリエルが惚けた顔で聞き返すと、

「手をだすなよ、俺の弟子だ」

そう言うとじとりとガブリエルのことをきつく睨んだ。

その表情はいつもの澄ました年下の上司の顔ではなく、年齢相応に年若い青年の顔だ。

「…………っ」

その大事な物を取られまいと威嚇《いかく》する猫のような態度に、ガブリエルは思わず口もとを押さえた。

（うわ、これマジだ）

口元がにやけるのが抑えられない。これまで色恋のいの字も知らなかったようなこの男が、出張先の露店でプレゼントを吟味した上に他人を牽制するような真似までしているのだ。もしかしたら本人はまだ無自覚かもしれないが――、

（これほど楽しいことがあるか？）

「おい、聞いてるのか？」

不機嫌そうに声を荒げるレオンハルトを見る。彼はまだ十七歳の青年だ。それが毎日仕事漬けで貴重な青春時代を終えるなどあっていいはずがない。

（これは『良い徴候《ちょうこう》』だ）

どうか相手が良い子であればいい。ガブリエルはそう思いながらも、

「さぁーて、どうかなぁ？」

にぃ、と意地悪く口の端を吊り上げて笑う。

（今はこの変化を楽しませてもらうか）

「おい！」

レオンハルトが焦ったような声をあげるのに気を良くして声を上げて笑う。

普段冷静で真面目な弟分が珍しく慌てる様は、どうにも愉快でからかいがいがあった。

ちなみにこの推測と話はすぐさまガブリエル達によって教会関係者に広められた。

ついでに派生してフレイヤやジーン、はては王子殿下にまで噂が広がったのはご愛嬌である。

いわく、聖騎士レオンハルトは弟子を溺愛しているらしい、と。

盛大な伝言ゲームの末にそういうことになったのだが、その真実はまだ明らかではない。

あとがき

はじめまして。陸路りんです。

この度は「乙女ゲームヒロインの『引き立て役の妹』に転生したので立場を奪ってやることにした」を手にとってくださり、誠にありがとうございます。

本作は「乙女ゲームのヒロイン」の『出来損ないの妹』に転生してしまった少女ミモザが、「打倒ヒロイン！」を目指して本来なら姉が手に入れるはずの最強の騎士の称号『聖騎士』を奪ってやろうと奮闘する話になります。

しかし現在の聖騎士であるレオンハルトに弟子入りをして訓練（筋トレ）に励んでも、残念ながら魔法攻撃は弱いまま、女神の祝福にも見放され、おまけにこのままゲームのシナリオ通りに進むとミモザは何者かに殺されてしまう運命です。

天然無神経なヒロインの姉、いじめてくる攻略対象者、殺意の高すぎる相棒の守護精霊――、それらの困難を押しのけて、果たしてミモザは姉に勝利し『聖騎士』の栄光を手にできるのか。

また、聖騎士レオンハルトとの恋愛もどう転がっていくのか。

ぼっちで小心者な小悪党、ミモザの涙ぐましい努力をどうか応援していただけると嬉しいです。

書籍版は実はいくつかエピソードを追加させていただいております。元々作者が入れるのを忘れていたエピソードや、小説投稿サイトでいただいたご質問やご感想を参考にした補足エピソードなどを追加しています（申し訳ありませんがすべてのご質問・ご感想に対応しているわけではなく、補足できそうなものだけ追加しております）。また、担当編集様のご指摘で情報不足だった点なども補強されて多少は読みやすくなっているかと思います。

今回の書籍化作業では本当に担当編集様には大変ご迷惑をおかけいたしました。素人相手にも投げ出さず、いつも丁寧にご対応いただき本当に感謝しております。

また、とても素敵なイラストを描いてくださったうおのめうろこ様、本当にありがとうございます。ショートカットの女主人公ということで描きづらかったかと思うのですが、こんなに可愛らしいミモザを見ることができてとても嬉しいです。服装や武器もとても格好良く素敵に描いていただいて大変感激いたしました。

本作の制作・販売に携わってくださった全ての方々に心より感謝申し上げます。

最後に、この本を手にとってくださった読者の皆様。今回書籍化できましたのも、皆様が本作を読んでくださり、応援してくださったおかげです。本当に感謝しております。

ミモザの活躍を引き続きお楽しみいただければ幸いです。また二巻でお会いできることを祈っております。

乙女ゲームヒロインの『引き立て役の妹』に転生したので立場を奪ってやることにした

2025年2月1日　第1刷発行

著　者　陸路りん

発行者　本田武市

発行所　TOブックス
〒150-0002
東京都渋谷区渋谷三丁目1番1号　PMO渋谷Ⅱ　11階
TEL 0120-933-772（営業フリーダイヤル）
FAX 050-3156-0508

印刷・製本　中央精版印刷株式会社

ISBN978-4-86794-437-0

Printed in Japan